살다가 불쑥불쑥 열받는 순간!

끓는 빡침

서달 씀

르네상스

무수리, 투명인간, 호구, 을, 개, 돼지……
그래도 나라에 뭔 일 생기면 죽어라 뭉치는 그대들에게

차례

1장 친구   견디는 공주와 행동하는 무수리

계산하는 무수리와 얻어먹는 공주 10

운전하는 무수리와 드라이브하는 공주 17

초대받는 무수리와 초대하는 공주 23

여행하는 공주와 고행하는 무수리 1 -여행 준비- 29

여행하는 공주와 고행하는 무수리 2 -여행 중- 35

여행하는 공주와 고행하는 무수리 3 -결말- 41

2장 타인   익명으로 휘두르는 무례

금쪽같은 내 새끼 54

못된 사랑 56

개인의 취향을 강요하지 마라 59

간단한 고기 굽기 62

혼밥하러 갔다가 68

소확행 즐기러 갔다가 71

자동차 사용 설명서 76

3장 가족   이 죽일 놈의 가족

네 시간은 퍼스널이고 내 시간은 퍼블릭이냐 84

가족 ATM 91

마치 엄마를 위하는 것처럼 98

밥은 셀프 102

4장 부부   가족보다 가깝고 남보다 먼

금쪽같은 네 타이밍 112

내가 네 엄마냐 118

너는 여행 나는 고행 -가족여행 버전- 123

반찬투정은 안 하지 131

5장 직장　　　속 편한 쪽이 갑

대답만 잘하는 꽃 142

너는 하고 싶은 말 다 하고 살아서 암은 안 걸리겠다 152

웃기지 마 그때 넌 더했어 157

무능한 인간의 권력욕은 죄악이다 161

너의 식성을 강요하지 말라 167

저기…… 시간 있으면 근무 좀 하실래요 173

6장 정치인　　　개와 돼지의 시선으로 본 그들에 관한 고찰

선거 때만 국민, 평소에는 개돼지 184

당신이 소통하고 있는 사람은 누구 190

차라리 국민, 국민 하지 마라 194

유치찬란 200

정치인은 쓰는 말도 다르다 206

1장 친구

견디는 공주와
행동하는 무수리

계산하는 무수리와
얻어먹는 공주

"우선 내가 계산할게. 나중에 줘."

경우에 따라 서로 부담 없는 깔끔한 계산법이다. 상대의 가벼운 주머니 사정을 눈치껏 배려하는 따뜻한 제안일 수도 있다. 어디까지나 경우에 따라. 어느 날, 어떤 사람이 아주 가까운 친구에게 그 말을 듣고 퍼뜩 각성하게 된 이런 경우도 있으니까.

친구 만나서 시간 보내기는 거기서 거기다. 반가우니까 웃고 밥부터 먹으러 가는 게 첫 순서. 친구끼리, 특히 여자 친구들끼리 밥 먹는 자리라면 뭘 먹든 어색할 일이 없다. 맛이 있으면 있다고 없으면 없다고 솔직하게 수다 떨면서 편하게 즐기면 된다.

문제는 밥 다 먹고 자리에서 일어나는 순간부터 시작된다. 사실 우리나라에서 친한 사이에 벌어지는 계산 풍경은 아직 비슷하다. 이 순간만 기다렸다는 듯이 계산대로 튀어가는 사람이 있고 느긋하거나 굼뜬 사람이 있다. 서로 계산하겠다고 앞다퉈 카드를 내미는 아름다운 풍경도 자주 펼쳐진다.

그날, 두 친구도 그랬다. 하나는 빠르고 하나는 좀 느렸다. 빠른 쪽은 성격에 문제(?)가 있기도 했다. 뭐냐면 음식을 미처 다 먹기도 전부터 긴장하는 습성이었다. 누군가는 계산을 해야 할 순간이 다가오는데 그 '누군가'가 미리 정해지지 않아서 자칫 어색해질 분위기를 견디지 못하는 거다. 또, 함께 어울리기는 했지만 도맡아 계산하기에는 경제력이 걱정되는 사람이 누구인지도 늘 너무 잘 보이는 거다. 그가 이러지도 저러지도 못하고 쩔쩔맬 심정이 내 일처럼 안타깝다. 그런가 하면 앞장서서 계산하는 사람이 누군지도 안다. 번번이 그 사람이 계산하게 두는 건 염치없는 일이라는 걸 아는 염치 있는 사람이다. 이만하면 문제적 성격 아닌가. 지갑은 얄팍하고 눈치만 '만렙'이라 피곤한 성격.

한마디로 미적거리는 게 적성에 안 맞는 사람이다. '오지라퍼' 소리를 듣거나 말거나 아무튼 발바닥 간지러운 순간을 못 견딘다. 그래서 일행 중에 비슷한 사람이 있다면 모를까, 웬만하면 계산에 앞장선다. 습관성 계산이라고 할까. 그렇다고 계산하고 나서 후회하거나 아까워하는 사람은 아니다. 가끔은 액수가 조금 버거워 돈이 아쉽긴 해도 덕분에 다른 사람들이 마음 편히 즐겼다는 것만으로 흡족해하는 사람이다.

그 친구가 밥값을 먼저 냈다는 건 그러니 큰 사건이 아니다. 만날 벌어지는 일이니까. 그런데 오늘은 이상했다. 친구와 단둘이 만나서 밥을 먹고 계산한 뒤부터 찜찜한 마음이 가시지 않았다. 두 사람 밥값이라서 그리 부담스러운 것도 아닌데 어쩐지 흔쾌하지 않고 오히려 불쾌해져만 갔다.

"아, 잘 먹었다."

식당을 나서며 '계산 안 한' 친구가 들릴락 말락 중얼거린 말이었다. 딱히 밥 산 친구에게 하는 말인지 혼자 감탄하는 소리인지 구분이 안 되는 말투였다. 지갑 잘 여는 친구의 기분이 가라앉기 시작한 게 그때부터였는지도 모르겠다.

어쨌든, 밥을 먹었으니 커피를 마셔야 했다. 계산대 앞에 다가서는 순간 밥값 안 낸 친구가 입을 열었다.

"뭐 마실래?"

자연스러웠다. 누가 봐도 자연스러웠다. 제아무리 계산이 습관인 사람이라도 마음 편히 받아들일 수 있는 순간이었다. 밥값 무겁게 먼저 계산했으면 커피는 얻어먹어도 되는 거다, 아니 커피를 얻어먹어야 상대의 마음을 편하게 해주는 거다……라고 생각했다. 바로 그때 친구의 음성이 뒤를 이었다.

"우선 내가 계산할게. 나중에 줘."

처음에는 '내가 계산할게'로만 들었다. '우선'이라는 단어와 '나중'이라는 단어를 하마터면 놓칠 뻔했다. 갑자기 머리가 멍해져서 대답도 제대로 못 한 채 자리에 앉았다. 마주 앉은 친구가 뭐라 뭐라 떠드는데 들리지도 않았다. 그리고 한참이 지난 뒤에야 계산대 앞에서 들은 말뜻을 문득 알아차렸다.

더치페이.

각자의 것은 각자가. 아! 활수하게 시대감각 없이 살았던 친구의 얼굴이 화끈 달아올랐다. 나이도 얼마 안 들었는데 요즘 추세를 몰랐구나, 부끄러워서 달아오른 게 아니었다. 그냥 뭔지 모를 참담함, 까닭 없는 창피함, 무안함…… 그리고 화가 버무려진 감정이 얼굴을 강타한 거였다. 오랜 시간 미처 알아차리지 못했던 사실과 감정이 한꺼번에 덮치고 들었다. 그동안 그 친구와 함께했던 자리들이 선명한 사진처럼 되살아났다.

식당을 가든 영화를 보든 군것질을 하든 그 친구와 함께 뭔가를 할 때면 이상하게 뒷맛이 개운치 않았다. 둘이든 여럿이든 계산하는 순간이 되면 그 친구는 유난히 순하고 조용해졌다. 심지어는 같이 밥을 먹었다는 사실조차 잊을 만큼. 계산이 습관인 사람들끼리 서로 카드를 내밀며 경쟁하느라 그 친구는 늘 뒷전이었다. 그렇게 묻혀서 안 보였는데 오늘 단둘이 카페에 마주 앉은 이 순간, 지금껏 단 한 번도 개의치 않았던 친구의 모습이 주마등처럼 스치고 지나가는 거다.

그 친구가 밥이든 커피든 기분 좋게 산 기억은 아무리 떠올리려 해도 없다. 잘 먹고 마신 다음 고마워한 기억도 없다. 얻어먹었으니 고마운 줄 알아야 한다는 게 아니다. 단지 사실을 떠올려보니 그렇다는 거다.

그 친구의 태도는 늘 당당했다. 당연히 계산은 네가 하는 거지, 하는 식. 그래, 월급 차이가 좀 나긴 한다. 하지만 지출 내역을 따져보면 거기서 거기다. 그런데도 무슨 의무처럼 먼저 튀어나가서 계산했던 스스로가 문득 한심해진다. 고맙다는 인사는커녕 늘 당당하기만 했던 그 친구의 모습들이 기억의 꼬리를 붙잡고 올라와 눈앞을 스치고 지나갔다.

당당했다, 그 친구는. 차를 마시러 가서는 언제나 메뉴 선택에 신중했다. 고민에 고민을 거듭했다. 몸에 좋지 않다고 알려진 음료는 절대로 피했다. 아, 그리고 값싼 아메리카노 따위(?)는 안 마셨다. 그러니까 요거트와 과일의 컬래버 음료랄지 먼바다를 건너온 색 곱고 부드럽고 목 넘김 기가 막힌 차를 골랐다. 그러고는 조용히 자리로 돌아갔다. 계산은? 그야 진작 아메리카노를 주문한 뒤 카드 빼들고 기다리던 습관성 계산자가 했다.

장소와 시간만 다를 뿐 내용이 판박이인 장면들을 몇 개 더 흘려보내며 조금 전 더치페이 공격에 얼얼해진 친구는 벼락처럼 각성했다. 본인과 그 친구의 관계가 낳은, 혹은 빚은 정체성을 이제야 깨달은 거다. '무수리'와 '공주'. 궁중에서 청소며 온갖 잔심부름을 하느라 종종걸음 쳤다는 무수리에 스스로의 모습이 딱 겹쳐졌다. 여러 무수리들의 보살핌을 도움이라 여겨본 일 없이 당연하고도 당당하게 받아들이는 우아한 여자, 웬만한 몸과 마음의 불편쯤은 무수리들이 나타나 해결해줄 때까지 얼마든지 견디는 내공을 지닌 여자, 공주.

각성, 말 그대로 깨어나 정신을 차리고 보니 친구라는 미명 아래 숨어 있던 관계의 본질이 적나라하게 드러났다. 무수리와 공주. 민첩하게 행동하는 무수리와 그저 가만히 견디는 공주, 행동하느니 견디는 게 더 편한 공주.

'그랬구나, 그랬구나. 네가 공주라서 나와 겸상을 할지언정 계산은 안 하는 거였구나. 내가 무수리라서 언감생심 같이 차를 마시는 자리, 내 찻값은 내가 내야 하는 거였구나.'

친구라고 여기고 친구라고 믿었을 때 묵묵히 삼킨 것들이 소화되지 않은 채 끓고 있었는지 얄밉고 야속한 감정들이 꺽꺽 목울대를 타고 올라왔다.

'그래봤자 얻어먹는 주제에 너는 뭐 그리 당당하냐. 왜 한 번쯤 오늘은 내가 먼저 계산해야지, 하는 생각을 못 하는 것이냐. 내가 너무 빨라서? 계산할 틈을 주지 않아서? 깃털처럼 많은 날 행동 빠른 나를 만나오면서 한 번쯤은 네가 더 빠르게 움직여보겠단 생각을, 한 번쯤은 나를 앞질러볼 염을 정녕 내보지 않았단 말이냐!'

적어도 한 번 얻어먹으면 한 번 사는 게 인지상정이라는 상식을 가지고 무수리는 살아왔다. 관계 속에서 돈이라는 건 만남을 매끄럽게 해주는 윤활유라고 생각했다. 그런 상식에서 벗어난 친구를 여태 만나온 건 다른 친구가 없어서인가? 아니다. 친구이기 때문에 '상식'을 들이대지 않았던 거다. 친구 관계는 상식 같은 걸로 판단할 관계가 아니라고 믿었던 거다.

'아아아, 그딴 상식 그딴 친구 이제 음식물 쓰레기에 처박을 때가 됐구나.'

한번 열리면 하늘처럼 넓어지지만 한번 닫히면 송곳 하나 찔러 넣을 데가 없는 게 사람 마음이라고 했다. 오늘 무수리의 마음을 닫아버린 감정을 섞고 흔든 다음 다시 가라앉혀보니 '서운함'이었다.

'차라리 커피도 나한테 사게 하지 그랬니. 그랬다면 내가 새삼스럽게 각성하는 일 따위는 없었을 텐데. 너와 나의 정체성을 알아차리고 이토록 자괴감에 빠지지는 않았을 텐데. 너 오늘 나한테 참 큰 깨달음을 주었구나. 앞으로 다른 누구를 만나도 나는 예전처럼 행동하겠지만 이제 너만은 그렇게 못 대하겠다. ~~더차찔~~ 더치페이라……. 그래 그러자. 너와 나, 철저히 더치스럽게 살자. 에누리 없이!'

운전하는 무수리와 드라이브하는 공주

문자가 도착한다.

> ○○○ 부친상. ㅁㅁ장례식장.
> 발인 : △월 △일. 삼가 고인의 명복을 빕니다.

아! 가슴이 찌르르 아프다. 무수리는 반사적으로 스마트폰에서 지도 앱을 켰다. 오늘이든 내일이든 반드시 가야 할 곳이니 위치부터 확인. 그런데 길 찾기 버튼을 누르기 전에 또 다른 문자가 들어온다.

> 연락받았지? 나 7시에 끝나.
> 우리 회사 앞에 오면 문자해.

1분 전만 해도 오늘 갈까 내일 갈까 했는데, 방금 결정됐다. 공주마마가 문상 날짜는 오늘이라고 문자로 명하셨다. 그리고 아무런 상의도 없이 무수리를 기사로 임명하셨다.

얼마 뒤 무수리는 공주의 회사 앞에 도착했고 더 늦게 퇴근하는 공주를 한 시간 동안 기다렸다. 처음 있는 일은 아니고…… 익숙했다. 공주와는 대학 때부터 10년이 넘도록 친구로 지낸 사이다. 그동안 무수리는 차를 움직여야 할 일에는 기사로, 여행할 때는 가이드로 활약했다. 무수리가 여행을 무척 좋아하고 무슨 일이든 벌이고 계획하는 걸 즐기는 사람이긴 하다. 친구들보다 먼저 차를 사서 끌고 다녔고 운전 실력은 타고났다는 평가를 받는다. 그래서 무수리의 차는 웬만하면 공용으로 쓰였다.

공주와 함께할 때 기름값은 대개 항상 차 주인인 무수리가 냈다. 차를 타고 가는 여행에서 미리 쇼핑해서 싣고 가는 물품들 비용도 차 주인인 무수리가 낼 때가 많았다.

'뭐 어때. 나 좋아하는 여행이잖아. 내가 좋아서 떠나는 길에 걔도 같이 가서 즐거우면 뭐…… 좋지.'

늘 그렇게 생각했다. 행여 내가 왜, 불쑥 억울한 마음이 들려 할 때마다 그렇게 스스로를 다독였다.

오늘도 무수리는 운전하며 애써 다독다독 마음을 다스렸다. 한 시간 기다린 끝에 나타난 공주는 차에 오르며 첫마디를 던졌다.

"세 명만 더 태우고 가자. 너도 얼굴 보면 알 만한 사람들이야. 기왕에 가는 길이니까 같이 가자고 해놨어."

이번에도 사전 양해나 상의 따위는 없는 통보였다. 결국 무수리는 얼굴도 이름도 가물가물한 사람들 셋을 하나하나 픽업했다. 퇴근한 지 두 시간 만에 출발. 지방에 있는 장례식장까지 또 두 시간 운전. 밤길을 운전해서 가는 내내 네 사람은 떠들썩하게 수다를 떨었다. 무수리는 휴게소에 들러 기름 한 번 넣고 요금소를 통과하며 조용히 통행료를 지불했다. 그 모든 순간에도 네 사람은 이야기에 정신이 팔려 있었다.

늦은 조문을 마치고 서둘러 밥 한 그릇 먹은 뒤 무수리 일행은 자리에서 일어났다. 아무리 빨리 가도 내일 출근길 몸이 무거울 시간이었다. 모두 차에 오르고 무수리가 운전대를 잡자 누군가 미안한 목소리로 입을 열었다.

"피곤하겠다. 대신 운전해주고 싶은데 내 차가 아니라서……."

말끝을 흐리는 그 마음만으로도 위로가 됐다. 적어도 한 사람은 무수리의 노고를 지켜보았다고 생각하니 뻐근한 어깨가 좀 풀리는 것 같기도 했다. 그래, 낯선 사람들 찾아가서 봉사도 하는데 슬픈 일 당한 친구 위로하는 길에 이만큼도 못하랴 싶었다.

자정이 가까운 시각, 마침내 출발지 가까운 요금소에 닿았다. 그때 또 누군가의 목소리가 들려왔다.

"저기 만 원씩이라도 걷자. 기름값도 그렇고 톨비라도 좀……."

말은 끝이 맺어지지 못한 채 잘리고 말았다. 잘 드는 칼날로 단박에 무 자르듯 끼어든 공주의 목소리 때문이었다.

"야! 됐어! 괜찮아! 어차피 혼자라도 다녀왔을 길이야. 뭘 그런 걸 신경 쓰고 그러냐. 오래간만에 여럿이 여행하는 것 같아서 좋다야."

상황은 그렇게 명쾌히 정리됐다. 모르는 사람이 들으면 어느 화통한 사람이 운전대 잡은 손을 홰홰 내저으며 선심 쓰는 말인 줄 알겠다. 말의 내용으로 치면 지금 이 차는 공주의 차여야 하고 운전하는 사람도 공주여야 하는 거다. 하지만 엄연히 운전대는 무수리의 손아귀에 잡혀 있었다. 올 때도 갈 때도 그저 운전만 얌전히 했는데, 기름값과 통행료 내가며 묵묵히 운전만 했는데 이윽고 속이 뒤집힐 것 같았다.

'됐다고? 왜 네가 됐다는 거니! 어차피 혼자가 아니라 차라리 혼자 가고 싶은 길이었어. 여행? 나는 무수리라 운전하고 너는 공주라서 드라이브 중이었던 거냐? 내가 기름값을 달라고 했냐. 톨비를 달라고 했냐. 왜 너희끼리 준댔다 괜찮다 지랄 난리 블루스냐. 입 다물고 가만히 있으면 중간이라도 가지, 왜 잠자는 사자 코털을 건드리는 건데!'

화라는 게 팡 터뜨리면 순간 시원하기는 하지만 후환이 만만찮은 거라서 무수리는 그냥 속으로만 소리쳤다. 그나마 고속도로를 빠져나오자 동행했던 이들은 택시 정류장에 내려달라고 했다. 굳이 하나하나 데려다주고 싶은 마음도 없어서 그렇게 했다. 그리고 공주만 남았다!

너도 내려, 하고 시원하게 명령할 만큼 내공이 깊지 않다, 무수리는. 게다가 불행히도 공주와 무수리의 집은 방향이 같다. 가다가 중간에 내려주면 되는 곳이다. 무수리는 뻣뻣한 목을 한 바퀴 돌려준 뒤 다시 출발했다.

마침내 공주네 집 근처. 피곤한 얼굴로 눈을 지그시 감고 있던 공주가 나직하게 주문했다.

"응, 저 앞에 신호 있잖아, 빨간 불로 바뀌면 유턴해. 유턴해서 골목으로 들어가. 밤이라서 단속 안 할 거야."

'야 이 개 같은 년아'

무수리는 목을 타고 올라오는 쌍욕을 꾹꾹 눌러 삼켰다. 무수리가 무수리인 건 캐릭터가 무수리란 소리다. 진짜 조선시대 무수리가 아니라고! 무수리는 신호 따위 신경 쓰지 않고 진행 방향 길가에 차를 세웠다.

"내려줄 테니까 파란 신호 들어오면 횡단보도 건너가라. 난 밤에도 법규를 지키는 사람이라서."

순간 공주가 멈칫했다. 전혀 예상치 못한 반응에 당황한 것 같았다. 그렇지만 이내 조용하고 무기력한 몸짓으로 차 문을 열고 내렸다.

"갈게."

"가라."

내일 보자거나 다음에 밥 한번 먹자거나 그런 소리는 입 밖에 내지 않았다. 한적한 밤길을 운전해 가며 무수리는 그제야 돌아가신 분의 명복을 조용히 빌었다. 길을 나선 본래 목적이 비로소 떠올랐던 거다. 아, 그리고 공주는 당분간 연락이 없을 거다. 늦은 시각 어두운 골목에 있는 집까지 모셔다드려야 했는데 그러지 못했으니까.

그러거나 말거나.

초대받는 무수리와 초대하는 공주

까똑까똑.

무심히 폰을 집어 들었다. 이번엔 또 무슨 게임 광고일까. 곁눈으로 대충 메시지를 확인했다.

'어? 돌잔치?'

생전 처음 보는 애 사진 하나가 툭 떠오른다. 순간 무수리는 저도 모르게 미간을 찌푸렸다. 물론 웃고 있는 아이에게는 아무 유감이 없었다.

'또? 첫째 돌잔치 엊그제 아니었어?'

두 번째 아이가 태어났으니 두 번째 돌잔치를 하는 게 이상한 건 아니다. 둘째 돌잔치는 안 간다는 원칙을 세우고 산 것도 아니다. 셋째 돌잔치에 참석한 일도 없지 않았다. 그런데 공주에게서 온 돌잔치 초대는 영 내키지 않았다.

까똑.

그러면 그렇지. 굳이 발신자를 확인할 필요도 없었다.

> 영이랑 진이 전화번호 뭐야? 번호 바뀐 것 같네.
> 연락이 안 돼. 내 문자 봤지? 그렇게 됐어ㅋㅋ

뭐가 그렇게 됐다는 건지, 혼전 임신도 아닌데 어쩔 수 없는 일이 벌어진 것처럼 말하는 투가 마뜩지 않았다. 게다가 문장 뒤에 붙은 'ㅋㅋ'도 그랬다. 무성의한 웃음 같은 느낌.

얼마 전 진이 아버지가 돌아가셨을 때 통화한 일이 떠올랐다. 그때 소식을 전하는 무수리에게 공주는 가족여행 중이라 못 온다고 했다. 해외에 나간 것도 아니고 국내여행인데, 마치고 돌아오는 길에 얼마든지 들를 만한 곳인데도 딱 잘라 말했다. 딱히 큰 기대를 한 것도 아니었기에 다음 단계로 넘어갔다.

"그럼 봉투는 어떻게 할 거니?"

"넌 얼마 할 건데?"

도대체 그게 왜 궁금할까 싶었다. 들어보니 그 이유란 게 이랬다.

"내가 직접 참석하는 게 아니잖아. 그러니까 너보다는 적게 내야 맞지."

"그래…… 그래라."

무수리 상식으로는 이해하기 힘들었지만 달리 대꾸할 의욕이 없었다. 하긴 무수리 상식과 공주의 상식이 일치하는 경우가 있었던가?

영이 전화번호를 묻는 것도 좀 그렇다. 무수리 기억에 공주는 영이 결혼식에 가지 않았다. 아니, 대학 졸업한 뒤 서로 연락하고 지낸 사이도 아니었다. 그러고도 본인 결혼식에는 떳떳이 영이를 초대했다. 그 뒤로 또 감감무소식이었는지 바뀐 전화번호도 몰랐으면서 초대를 하겠단다, 제 둘째 아이 돌잔치에. 늘 당하는 일이지만 그때마다 고개가 절레절레 흔들렸다.

'그래, 너 멘탈 갑이다. 인정. 영이랑 진이 백만 년 전에 바뀐 전화번호 여기 있다.'

사실 공주가 결혼한다고 했을 때 믿기지 않았다. 결혼 같은 건 안 할 것처럼 굴어서였다. 누가 결혼한다고 하면 심드렁한 얼굴로 축의금 걱정부터 했다.

"세상에서 제일 아까운 게 이런 돈이야. 오만 원을 해야 하니 칠만 원을 해야 하니?"

그마저도 웬만해선 봉투를 마련하지 않았다. 안 친해, 한 마디만 날리면 그걸로 끝이었으니까. 친한(?) 사이라고 해도 진심으로 축하하는 느낌을 전해 받기는 힘들었다. 직접 결혼식에 참석하는 경우가 아니면 봉투만 따로 보내는 법이 없었던 거다. 얼굴 보고 금일봉을 전달하는 게 도리라고 생각하는지 모르겠다. 아무튼 다른 사람 손에 봉투만 들려 보내는 법은 없었다. 그 돈은 반드시 밥한 끼와 교환해야 하는 티켓이라고 생각하는 것처럼 말이다.

그렇게 생전 결혼은 계획에 없는 것처럼 굴던 공주가 마흔 다 되어 한 번이라도 안면이 있다 싶은 사람들 모두에게 청첩장을 보냈을 때, 무수리만 놀란 게 아니었다. 그러고는 연이은 출산을 핑계로 5년간 다른 아이 돌잔치는 고사하고 누구의 결혼식에도, 어떤 부모의 장례식에도 참석하지 않았다. 그 와중에 본인 첫아이 돌잔치 연다고 메시지를 보냈을 때 무수리는 또 한 번 놀랐다. 그뿐이랴. 문자 메시지를 다 읽기도 전에 친히 전화까지 주셔서 걸어서 꼭 참석하라고 당부했다.

한두 번 겪은 게 아닌데도 무수리는 공주의 초대 앞에서 늘 당황했다. 초대가 아니라 숫제 빚 독촉하는 태도였다. 아니, 본인 행사의 스태프쯤으로 여기는 것도 같았다. 그간 연락 없이 지냈던 지인들의 전화번호를 무수리에게 묻는 건 다반사였다. 심지어는 오지 않겠다는 사람들을 야박하다고 욕하거나 그럼에도 불구하고 대신 연락해서 데리고 오라는 명령 부탁도 자연스럽게 했다.

납득 안 되는 일은 또 있었다. 공주가 초대해서 찾아간 장소는 하나같이 협소하기 이를 데 없었다. 오겠다는 확답을 주는 사람이 적었는지 아니면 초대하면서도 오지 않을 거라고 지레 짐작했는지 알 수 없는 노릇이었다. 아무튼 기껏 참석했다가 밥도 제대로 먹지 못한 채 돌아서는 일까지 발생했다. 해맑은 얼굴로 행사를 주도하느라 바쁜 공주를 보며 무수리 같은 친구들이 대신 부끄러워지는 순간이었다.

장소는 협소해도 봉투는 여러 경로를 통해서 받아 갔다. 첫째 돌잔치 때는 행사장 입구에 따로 설치한 상자에 넣는 방식과 직접 전달하는 방식이 있었다. 거기다 돌잔치 이벤트 중에 아기에게 직접 용돈을 쾌척하는 시간을 세심하게 마련했다.

공주의 행사장에서 무수리는 이따금 자신의 좁은 소견머리를 돌아보았다. 그 모든 '그럼에도 불구하고' 세상에는 마음씨 좋은 사람들이 참 많다는 걸 느낄 때 그랬다. 공주의 초대에 응한 수많은 사람들이 활짝 웃는 낯으로 공주의 손을 부여잡는 모습들을 볼 때 말이다. 몇 년 동안 연락 한번 없다가도 잔치에 부르고 어제 만난 사이처럼 천연덕스럽게 안부를 묻는 공주를 차마 외면하지 못하는 이들이 세상에는 의외로 많았다.

전화벨이 울린다.

"야, 영이 전화 안 받아. 알려준 대로 했는데 모르는 번호라 안 받나 봐. 네가 한번 해주라."

거기까지만 했다면 조용히 전화 끊고 메시지라도 대신 보냈을 거다.

"아 참! 그리고 너 한 시간만 일찍 와서 테이블 준비하는 거 좀 도와주면 안 되냐? 애 아빠가 일이 바빠서 못 도와줄 것 같아."

이런 미친……! 남편이 일 때문에 늦게 오신다고 똑같이 직장 생활하는 무수리한테 빨리 오란다. 조퇴를 불사하고 달려와 돕기를 ~~명령~~ 바란다는 뜻이다. 덕분에 무던하고 둔한 무수리의 순발력이 깨어났다. 얼마 전 식구들끼리 조용히 치른 친정아버지 칠순 잔치가 떠오른 거다.

"어떡하니. 안 그래도 너한테 문자 보내던 참인데. 이번 주에 우리 아부지 생신이잖니, 칠순. 식구들끼리 간단히 밥이나 먹으려던 게 어쩌다 보니 우리도 잔치 비슷하게 할 것 같네. 일이 그렇게 됐다, 애 돌잔치 잘해라."

그리고 하마터면 잊을 뻔한 한마디를 덧붙였다.

"아, 너네 어머니도 곧 칠순이시지? 너 어차피 우리 아버지 칠순에 못 올 테니까 퉁치자."

여행하는 공주와
고행하는 무수리 1
- 여행 준비 -

여행 일주일째, 다저녁때 밥도 못 먹은 무수리가 방안을 가로지른 줄에 걸린 공주의 빨래를 걷어내고 제 빨래를 널다가 한숨을 푹 내쉰다.

'하긴, 여행 준비 때부터 전조가 있었지.'

무수리와 친구 둘은 배낭여행을 자주 다닌 사이였다. 왕복 비행기표 끊는 일부터 준비물 점검, 여행지에서의 자잘한 역할 나눔까지 호흡이 잘 맞았다. 비행기를 타는 순간부터 설렘을 공유하고 목적지 공항에 도착하면 이제 여행 시작이라고 눈빛을 주고받으며 서로 건투를 빌었다. 돌아올 때에는 다소 고달픈 경험이 있더라도 모두 낭만이라 여기며 성취감으로 승화시킬 줄 아는 여행자들이었다.

대학 때 1박 2일 엠티 말고는 함께 여행한 일이 없는 공주가 끼

워달라고 했을 때 셋은 썩 내키지 않았다. 배낭여행의 즐거움 못지않게 예민하고 미묘한 신경전이 빚어내는 스트레스도 잘 알고 있어서였다. 배낭 메고 장기 여행 함께 다니다가 헤어지는 커플도 여럿 본 터였다.

"야, 나도 배낭 메고 한 달 넘게 여행 다녀봤어. 도미토리에서만 자면서 다녔다고."

"정말? 도미토리 불편하지 않나?"

"야야, 불편함을 보면 안 되지. 친교를 위한 수단으로 받아들여야지."

무수리는 두 귀를 의심했다. 이게 정녕 공주 입에서 나온 소리? 그래서 슬쩍 떠보고 싶은 생각이 들었나 보다.

"네가 배낭을…… 무거운 배낭을 메고 다녔다고? 한 달이나?"

"말이라고 하냐. 배낭 메고 걸을 때마다 생각했다야. 이건 나 자신의 한계에 도전하는 일이라고. 수행자가 된 심정이었다니까."

어쩌면…… 어쩌면 외국에서의 공주는 좀 다를지도 모른다고 그때 생각했다. 표현이 살짝 낯간지럽기는 해도 장기 배낭여행 경험을 설명하는 품이 날탕은 아닌 것 같기도 했다. 결정적으로 무수리는, 뻔히 여행 떠나는 걸 알고 끼워달라는 친구의 요구를 매정하게 거절할 만큼 독한 사람이 아니었다(매정하다고 욕먹을지라도 차라리 처음에 깨끗이 거절하는 게 현명했다는 후회를 백 번도 더 하게 될 줄 그때는 미처 몰랐다). 다른 친구들도 무수리와 비슷한 마음으로 공주를 받아들이는 눈치였다.

"그럼 이제 비행기표부터 알아보면 되겠네? 겨울에 동남아는 거의 공짜나 다름없을걸."

같이 가기로 결정하자마자 공주는 여행사 직원처럼 이 나라 저 나라의 이 항공사 저 항공사를 들먹이며 베테랑 여행자 행세를 했다. 그 바람에 무수리는 잠시 선입견을 버렸다. 국내에서나 공주 노릇이지 해외에서는 다른가 보다, 생각했다. 그래서 안 하던 짓을 좀 했다. 공주에게 비행기표 끊는 임무를 맡긴 거다.

"그러지 뭐."

공주가 너무나 선선하게 대답했다. 여행 계획 막바지에 합류한 공주 때문에 찜찜했을지도 모를 다른 친구들에게 조금은 낯이 서는 기분이 들었다. 제가 같이 가자고 한 것도 아닌데 괜히 다른 친구들 눈치가 보이던 차에 마음이 조금 가벼워진 거였다. 그렇게 괜히 책임감을 느끼는 이유 또한 무수리가 무수리이기 때문.

여행 보름 전. 기다리는 소식이 아직 오지 않았다. 저렴한 항공편을 차지하려면 두 달 전에는 예약해야 한다. 했겠지, 했다. 공주가 워낙 자상하게 보고하는 스타일이 아니라서 소식이 없겠거니, 했다. 그래도, 그래도 돌다리 한번 두드려보는 심정으로 무수리는 전화를 했다.

"비행기표? 그걸 왜 나한테 묻냐. 다 같이 알아보기로 한 거 아니었어?"

　태연자약한 목소리로 공주가 대답했다. 따지고 화낼 틈이 없었다. 안 그래도 공주와의 동행을 탐탁하게 여기지 않는 두 친구의 얼굴이 눈앞을 스치고 지나갔다. 여행을 떠나기도 전에 팀워크가 깨지는 게 무엇보다 싫었다. 무수리는 전화를 끊자마자 비교 사이트를 클릭해 남아 있는 표를 겨우 구했다. 당연히 비쌌다.

　단톡방에 항공료와 확정 날짜를 공지했다. 공주를 제외하고 다들 고생했다는 메시지를 달았다. 이제라도 구한 게 어디냐며 오히려 무수리를 다독였다. 그때 공주에게서 개인톡이 날아들었다. 처음 보는 인터넷 주소가 떴다. 여행사 사이트였다. 뒤이어 공주의 메시지.

> 네가 구한 거 좀 비싸네.

> 여기는 이 가격도 있는데ㅠㅠ

> 얼마 차이 안 나는 거 같지만

> 그 돈이면 현지에서 한 끼 잘 먹을 수 있을 텐데 -_-

> 그냥 그렇다구ㅋㅋ

> 어차피 결정됐으니까 할 수 없지. 잘 자 ~^^

　한 번에 붙여서 보낼 것이지. 자그마치 예닐곱 번을 까똑거리게 만든다. 더더욱 참기 힘든 건 맥락도 없고 일관성도 없는 이모티콘들. 무수리는 차라리 멍해졌다.

여행 이틀 전. 모두 여행 짐을 싸는 시간. 단톡방에는 여행 관련 메시지가 정신없이 오갔다. 누가 무엇을 가져올 건지, 몇 개를 가져올 건지 의논했다. 몇 번의 여행을 함께한 멤버들은 자칫 중복될 염려가 있는 짐을 과감히 줄이거나 뺐다. 배낭여행자에게 짐무게는 곧 전생의 업과 같은 것이라는 걸 지난 여행들을 겪으며 몸소 체험했기 때문이다.

그렇지만 결코 포기할 수 없는 것들이 있었다. 정신없는 여행 첫날을 차분하게 가라앉혀주고 여행 우울증이 닥쳐올 때 흉금을 털어놓게 만드는 그것! 팩 소주! 그리고 한국 음식이 살짝 그리울 때, 몸이 아프거나 속이 좋지 않아 현지 음식이 영 당기지 않을 때 뱃속도 마음도 풀어주는 따뜻한 국물이 일품인 그것! 라면!

아무리 짐이 많아도 긴 여행을 생각하며 비상식량을 챙기는 중차대한 일인지라 단톡방은 아연 활기를 띠었다. 몇 개씩 챙길까, 팩 소주를 살까 아니면 플라스틱 병에 든 걸로 할까, 일반 라면으로 뽀글이를 해먹을까 아니면 찌그러질 염려가 있지만 컵라면을 가져갈까……. 행복한 고민 속에 일행의 마음은 벌써 여행지 어느 게스트하우스 침대에 걸터앉아 소주잔을 기울이고 있었다.

까똑. 까똑. 까똑.

개인톡이 울린다. 공주다.

> 나 소주 안 먹는 거 알지?

> 난 거기서 맥주 사 마시든지
> 그냥 안 먹든지 할 거야. 라면도 별로고ㅋㅋ

> 내 배낭 너무 작아서 내 짐도 다 안 들어가ㅠㅠ

> 암튼 내 짐은 내가 알아서 쌀 테니까
> 나머지는 너네끼리 알아서 정리해.

> 바이ㅎㅎ

~~머리 뚜껑~~ 혈압이 상승하는 게 이런 거구나, 무수리는 눈을 질끈 감았다. 단톡방에서 여행 짐 나누는 상황을 뻔히 알면서 개인톡이라니. 게다가 ~~염병~~ 그놈의 이모티콘질. 무수리는 갑자기 여행이고 나발이고 맥이 탁 풀려버렸다. 국내 공주가 해외 나가면 달라질지도 모른다는 생각은 정녕 착각이었을까?

빌어먹어도 시원찮을 예감은 틀리지 않았다.

여행하는 공주와 고행하는 무수리 2
- 여행 중 -

여행 일주일째. 방안을 가로지른 두 줄의 빨랫줄은 공주의 빨래로 빈틈이 없다. 좀 전까지 빨래를 하며 무수리는 내내 고민했다.

'내일 할까? 내일은 빨랫줄이 비려나? 아니야. 모레 아침엔 이동해야 하는데 그 와중에 빨래 걷고 챙기고, 너무 바빠. 게다가 덜 마르면 축축한 채로 갖고 다녀야 하잖아. 냄새나서 다시 빨아야 할지도 몰라.'

빨래를 하면서도 할까 말까 망설인 건 빨랫줄 때문이었다. 정확히는 빨랫줄에 널린 공주의 빨래 때문이었다. 더 정확히는 겨우 빨아서 널기만 할 뿐 걷어서 갤 줄을 모르는 공주의 이상한 ~~버르장머리~~ 습관 때문이었다.

망설이고 고민하는 사이 어느새 빨래를 마친 무수리는 문제의 빨랫줄을 망연히 바라보았다. 그리고 손을 뻗어 공주의 옷들을 걸으려다가 멈칫했다. 저도 모르게 한숨이 나왔다. 모르는 사람이

이 꼴을 보면 무수리를 속 좁다고 할 일이었다. 이게 대체 무슨 고민거리인가 말이다.

하지만 어떤 이에게는 아무것도 아닌 일이 어떤 이에게는 고민스러울 때가 생각보다 많다. 관계 속에서 쌓이고 쌓인 숨은 감정의 겹 때문이다. 무수리에게 공주의 빨래가 이토록 딜레마가 된 까닭을 이해하려면 여행지 도착 첫날부터 더듬어봐야 한다.

일행이 잡은 숙소는 3인실에 엑스트라 베드를 추가하는 조건이었다. 한 달이라는 여행을 이어가자면 비용 문제를 고려하지 않을 수 없어서 합의한 거였다. 엑스트라 베드가 조금 불편하겠지만 교대로 이용하면 큰 문제는 아닐 거라고 생각했다. 그런데 체크인 수속을 하고 조금 늦게 들어간 무수리는 이상하고 어색한 기운을 감지했다.

맨 먼저 눈에 들어온 건 방 귀퉁이에 풀지도 않은 채 아무렇게나 놓인 두 친구의 배낭이었다. 뒤이어 공주의 모습. 공주는 발코니 가깝고 햇볕 잘 드는 위치에 놓인 침대에 짐을 풀고 있었다. 베개 옆에 잠옷, 일기장, 휴대폰을 살뜰하게 놓아두고 침대와 침대 사이 간이 탁자에 제 배낭을 떡하니 얹었다. 공주가 있는 그곳, 거기가 바로 어색한 분위기의 진원지였다. 무수리는 순간 사막 한가운데에서 방향 감각을 잃은 사람처럼 막막해졌다. 그러나 이내 가야 할 곳을 알아차린 듯 배낭끈을 질끈 움켜쥐고 엑스트라 베드로 다가갔다.

잠깐 이해를 돕기 위해 한마디 하자면 무수리가 무수리이긴 하지만 아무 때나 양보하기를 좋아하는 착한 캐릭터는 절대 아니다. 무슨 일이 벌어진 건지 한눈에 알아차린 그때, 군말 없이 엑스트라 베드를 자청한 것도 무수리가 착하고 순해서는 아니었다. 단지 어색해서 질식할 것 같은 그 분위기를 참기 힘들었을 뿐이다. 그래, 그냥 힘들어서 그랬다. 마음이 불편한 것보다 몸이 불편한 게 낫겠다 싶었다. 결코, 결단코 착해서 그런 게 아니었다!

"나 구석에서 자는 거 좋아해. 내가 여기서 잘게. 불만 없지?"

무수리가 배낭을 침대 위에 내려놓으며 말했다. 두 친구는 그제야 어색한 표정을 지우고 침대 위에 각자 짐을 꺼내놓기 시작했다. 무수리는 그걸로 충분하다고, 심지어 제법 괜찮다고 생각했다.

짐을 푼 뒤 일행은 서둘러 저녁을 먹으러 나갔다. 메뉴판을 둘러싸고 이런저런 음식을 주문하는데 유독 공주만 심드렁한 얼굴이었다. 먹는 걸 싫어하는 사람이 아니라는 걸 익히 아는 터라 무수리는 힐끔 공주를 살폈다.

"난 별로 배 안 고파. 볶음밥만 시켜줘."

그렇게 간단히 주문을 마치고 공주는 다른 친구들이 허기에 지쳐 이것저것 마구 고르는 모습을 멀뚱히 구경했다. 뭔지 모르게 꺼림칙한 마음이 들었지만 무수리도 얼른 고개를 돌리고 폭풍 주문 대열에 합류했다. 그리고 음식이 나오기를 기다리는 동안 자연스럽게 미니 회의가 시작됐다. 앞으로 여행하는 동안 함께 쓸 공금이며 역할 분담 같은 것들에 관한.

"총무가 있어야 해. 한 사람이 공금을 맡아서 계산하는 게 편하잖아. 그리고 한 사람은 숙소 예약이나 방값 흥정 같은 걸 맡기로 하고……."

공주는 여전히 말이 없었다. 의견을 내거나 의견에 동조하는 기색도 없이 소 닭 보는 듯한 얼굴이었다. 그런 공주가 습관처럼 신경 쓰였지만 무수리는 애써 이 친구들과 함께 여행하는 게 낯설어 그런가 보다 생각했다. 그 사이 음식이 하나하나 나오고 무수리가 주문한 맥주도 나왔다. 볶음밥만 먹겠다고 했지만 무수리는 공주 앞에도 맥주 한 잔을 따라주었다.

"공동 경비는 어떻게 할까? 각자 자유롭게 다닐 때는 그냥 다니더라도 같이할 때는 최소한의 공금은 정하는 게 좋을 것 같은데. 방값, 휴지나 간식거리, 같이 먹는 밥값 같은 건 걷어서 한꺼번에 계산하는 게 편했잖아."

"그래, 이삼일에 한 번씩 걷지 뭐. 여행할 때마다 항상 그렇게 했잖아."

바로 그때였다. 공주가 흰자위가 다 드러나도록 눈을 치켜떴다.

"공동 경비? 방값 말고는 그냥 각자 계산하는 거 아니었어? 휴지는 필요한 만큼 필요한 사람이 사 쓰면 되고. 간식도 먹고 싶은 사람이 사다 먹으면 되는 거 아니야? 밥값도 그렇지. 자기가 시킨 것만 내면 되잖아."

숨 쉴 틈 없이 쏟아내더니 공주가 맥주를 벌컥벌컥 들이켰다. 조금 전에 무수리가 따를 때 싫다 좋다 내색 없이 구경만 하시던 그 맥주. 공주 논리로는 무수리가 시켰으니 무수리가 계산해야 할 그 맥주.

순간 무수리는 맥주 거품이 희미하게 남은 공주의 입술을 보며 갈등했다. 그냥 이 자리에서 이 여행 깨버릴까, 각자 뿔뿔이 흩어지자고 할까……, 아니야, 아니야, 노력해 봐야지……, 아니야, 하루라도 빨리 갈라서는 게 서로의 정신 건강에 좋지 않을까…….

그후 날마다 새로운 주제로 비슷한 갈등을 하며 일주일을 견뎌온 참이었다. 빨래 문제도 그중 하나. 배낭여행자 처지에 번번이 세탁 서비스를 받을 수 없어서 무수리는 늘 빨랫줄을 챙겼다. 가늘어도 신축성 좋은 암벽 등반용 로프 양 끝에 고리를 단 거였다. 숙소를 옮길 때마다 꼭꼭 챙겼다가 새 숙소에 짐 풀면 의식을 치르듯 정성껏 설치했다.

무수리가 챙긴 그 빨랫줄에 가장 먼저 널린 빨래는 개인주의를 무척이나 신봉하는 것처럼 굴던 공주의 것이었다. 그리고 그 빨래를 걷어서 개킨 사람은 무수리였다. 처음에는 빨랫줄이 비어야 새 빨래를 널 수 있고, 이왕 걷어낸 빨래를 구석에 던질 수 없으니 차곡차곡 개킨 거였다.

그런데 두 번째는 무심해지지 않았다. 어젯밤 무수리는 공주에게 빨래 말랐으면 걷어달라고 분명히 얘기했다. 공주는 사뭇 귀찮다는 듯, '어' 한 마디만 하고 말았다. 걷는다는 건지 걸으라는 건지 짐작이 안 가서 아예 하려던 빨래를 미뤄버렸다. 어제 빨아서 널었다면 오늘 저녁쯤 얼추 마를 텐데.

무수리는 침대에 엎드려 여행 책자를 뒤적이는 공주의 뒤통수와 빨랫줄에 널린 빨래를 번갈아 보며 치미는 짜증을 느꼈다. 마음 같아서는 빨래를 획획 걷어서 공주 뒤통수에 패대기치고 싶었지만 꾹꾹 눌러 참았다. 뒷감당이 더 피곤할 것 같으니까. 차라리 제 손으로 친 빨랫줄을 잘근잘근 씹어서 끊어버리는 편이 나을지도 모르겠다고 생각했다.

'그랬구나. 네가 그 모양이라서 너랑 한 번이라도 여행 다녀본 애들이 너랑 연락을 끊고 사는구나. 아오, 비행기표도 책임 못 질 때 알아봤어야 했는데……'

공주와 함께 여행 간다는 얘기에 웃음기 사라지던 몇몇 친구들 얼굴이 문득 떠올랐다. '잘' 다녀오라던 인사에 담긴 숨은 뜻을 이제야 알겠다.

여행하는 공주와
고행하는 무수리 3

- 결말 -

방안이 적막하고 고요하다. 블루투스 스피커도 꺼놓았다. 음악 없이 잠잠한 공간. 이름 모를 외국 벌레 우는 소리가 창틈으로 스며든다. 소리 없는 공간에 낯선 소리가 조용히 없으니 고요가 오히려 더 깊어진다.

말을 하는 사람도 말할 사람도 없다. 혼자 쓰는 공간치고는 방도 침대도 널따랗다. 머나먼 여행지에서 동행하는 이 없이 혼. 자. 누. 워. 있. 다. 문득 외로움이 사무쳤다. 무수리는 이 외로움이 소름이 오소소 돋도록 좋았다.

계획한 일정을 일주일 남겨놓은 시점. 처음 함께 여행을 떠나온 넷은 뿔뿔이 흩어졌다. 두 번째 여행지 숙소 체크인 전, 한 친구가 먼저 떨어져 나갔다. 다른 사람들은 당황한 것 같았지만 무수리는 담담했다. 그 친구는 첫날 엑스트라 베드 사건 때부터 부글거리는 눈치였다. 그나마 무수리의 처신을 보며 꾹꾹 눌러 참는 게 무수리 눈에는 다 보였다. 성질 급한 그 친구 딴에는 참을 만큼 참은 셈이었다.

소주는 입에도 못 댈 것처럼 굴던 공주가 여행 첫날 술자리에 끼어들 때부터 조짐이 보였다. 공주가 마치 함께하는 걸 영광으로 알라는 듯 자못 당당하게 술잔을 들이댈 때까지도 그러려니 했다. 안 좋아한다던 라면은 뜨거워서인지 너무 맛있어서인지 미간을 잔뜩 찌푸려가며 흡입했다. 라면도 소주도 공주 뺀 나머지 세 사람이 짐꾼처럼 짊어지고 온 것들이었다. 게다가 안 그래도 보기 싫은 게 주정까지 꼴 보기 싫게 밤이 새도록 부려댔다.

이튿날 성질 급한 친구가 앞장서서 네 명이 쓰기로 한 방을 깼다. 수수료를 기꺼이 물고 2인실 두 개를 새로 예약한 거다. 두말할 필요 없이 무수리는 공주와 한방 쓰는 걸 숙명처럼 받아들였다.

그 뒤로도 며칠, 공주의 주장에 따라 저녁밥은 한 식당 한 식탁에서 더치페이로 먹었다. 공주가 제가 시킨 음식은 제가 다 먹고 다른 이들이 시킨 음식은 덤으로 더 먹었다는 얘기는 굳이 하지 않아도 짐작할 터. 마찬가지로 각자 구입한 휴지나 물 같은 걸 공용 물품 갖다 쓰듯 스스럼없이 행동하는 공주를 묵묵히 견디던 그 친구가 마침내 폭발한 건 엉뚱한 장면에서였다.

열린 문틈으로 무수리가 묵묵히 공주의 옷을 개키는 모습을 그 친구가 본 거였다. 옆방으로 가다가 우연히 그 꼴을 본 친구가 거칠게 문을 열고 들어올 때까지만 해도 무수리는 상황 파악을 못 했다. 친구는 단 한 마디도 없이 무수리 손에 들린 빨래를 낚아채서 집어던진 다음 빨랫줄에 남아 있는 나머지 옷들을 주르르 훑어 패대기쳤다. 그러고도 성이 덜 풀렸는지 빨랫줄까지 풀어서 던진 다음에야 자기 방으로 돌아갔다. 순식간에 벌어진 일이었지만 그 친구도 무수리도 딱히 설명이 필요하지는 않았다. 마침 공주가 자리를 비우고 없었다는 게 다행이라면 다행일까.

무수리는 묵묵히 공주의 마른 빨래를 한쪽에 치워놓고 축축한 제 빨래를 옷걸이며 의자에 턱턱 걸쳐 널었다. 다음 날 그 친구가 이렇다 저렇다 핑계도 설명도 없이 혼자 떠나버렸을 때에도 이유가 궁금하지 않았다. 아니 팽팽한 긴장감에서 놓여난 듯 홀가분하기도 하고 한편으로는 친구의 그 급한 성질이 부러웠다.

두 번째 친구가 예정보다 일찍 귀국한 건 그로부터 보름 뒤였다. 첫 번째 친구가 떠난 뒤 하는 수 없이 다시 셋이서 한방을 쓰는 생활을 이어가던 참이었다. 그 사이 이동을 두 번 했고 세 사람의 관계에 변화는 없었다. 새로운 숙소에 들어서면 공주는 당연히 가장 좋은 침대를 차지했다. 더치, 더치 입에 달고 살면서도 남의 물건은 공용 물품처럼 막 쓰는 것도 여전했다. 본의 아니게(?) 얻어 마신 술에 한 번쯤 보답하는 자리는 당연히 없었다.

무수리와 남은 친구가 무던하고 착해서 견딘 건 아니었다. 한 달 가까이 함께 지내다 보니 공주에게 익숙해져서 견딘 건 더욱 아니었다. 날이 갈수록 더 참아내기 힘든 게 사람 얄미운 거라는 사실을 실감하는 중이었다. 다만 무수리는 남은 친구 때문에, 그 친구는 무수리 때문에 상황을 감내하고 있었다.

그리고 남은 친구에게는 치명적인 약점이 하나 있었다. 여행에 꼭 필요한 기본 기능이 딸린다는 점. 그 친구는 정보 검색부터 현지인을 대하는 임기응변까지 모든 기능이 약했다. 믿기 힘들겠지만 제 손으로는 비행기표도 예약하지 못하는 수준이었다. 웬만하면 다른 친구들 능력에 의지해야 하는 처지라는 뜻이다. 그래서 스스로를 묻어 다니는 '먼지'라고 칭하며 얌전히 따라다니는 형편이었다.

본인이 다른 친구들에게 얹혀간다는 미안함 때문에 그 친구는 지갑 여는 일에 인색하지 않았다. 식당에서 주문한 음식을 받아오거나 욕실 물품 정리도 도맡아 했다. 궂은일 하는 것으로 미안한 마음을 대신하는 사람이었다. 먼저 나서서 문제를 일으키는 일 같은 건 엄두도 내지 않았다. 그런 사람이 비싼 수수료를 기꺼이 물고 귀국 날짜를 앞당겼다. 사건의 발단은 얄궂게도 또 빨래였다.

셋이서 한방을 쓰며 복닥거리다 보니 화장실 사용하는 문제가 여간 불편한 게 아니었다. 고급 호텔 같았으면 샤워 부스가 따로 있거나 세면대가 따로 설치되어 있으니 큰 문제가 없었을 텐데, 빠듯한 비용으로 한 달 동안 해외 배낭여행을 하는 처지에 그런 숙소는 그림의 떡이었다. 어쩔 수 없이 늘 양보하는 사람이 계속 양보하는 식으로 갈등을 잠재우며 지냈다. '먼지' 그 친구가 내일 당장 돌아가겠다는 폭탄선언을 하기 전까지는 말이다.

여행에서 외출했다 돌아오면 누구랄 것 없이 온몸에 뒤집어쓴 먼지와 진득하게 밴 땀 때문에 빨리 씻고 싶다. 사람은 셋인데 욕실은 하나. 첫 순서는 당연히 공주였다. 배려심 따위 장착한 적이 없는 공주가 방에 들어서자마자 아무 거리낌 없이 욕실로 직행하니까. 그리고 한참 동안 꼼꼼히도 씻어댔다.

공주가 씻고 나오면 먼지를 들여보내고 무수리는 마지막 순서를 자처했다. 맨 나중에 들어가서 마음 편히 씻고 욕실을 대략 정리하고 나오는 게 차라리 편했다. 그런데 마지막 순서라서 미처 몰랐던 사실이 하나 있었다. 공주와 먼지 사이에 벌어진 신경전.

사건의 발단은 이랬다. 공주가 씻는 동안 먼지의 아랫배가 사르르 아프면서 급한 신호가 온 날이었다. 하는 수 없이 공주에게 사정 설명을 하고 조금만 서둘러달라고 독촉했다. 공주가 나오고 먼지가 들어가 급히 볼일을 보고 씻으려는 순간, 바삐 나가느라 그랬는지 미처 빨지 못하고 남겨둔 공주의 양말이 눈에 들어왔다.

사정이야 어떻든 독촉한 게 미안해서 먼지는 제 빨래를 하는 김에 공주의 양말도 빨아주었다. 그런데 아뿔싸, 다음 날, 그 다음 날도 공주는 양말이며 손수건 따위를 슬그머니 남겨놓기 시작했다. 하루 이틀도 아니고 이제는 고의가 분명한 공주의 행태에 부아가

치밀었다. 하지만 그 와중에도 무수리 때문에 고민을 했다.

'이걸 내가 안 빨고 나가면 분명히 무수리가 빨 텐데……. 걔 성격상 분명히 그럴 텐데……. 안 그래도 얹혀 다니다시피 하는데 이런 일까지 하게 두는 건 좀…….'

그런 일이 여러 날 되풀이됐던 거다. 그러던 어느 날 어쩐 일로 공주가 맨 나중에 숙소로 돌아왔다. 자연스럽게 샤워 순서가 바뀌었다. 먼지가 먼저 욕실을 사용했다. 먼지는 두 사람이나 순서를 기다리고 있다는 생각에 서둘러 샤워를 마쳤다. 그리고…….

먼지는 약간의 의도를 가지고 깜빡(?) 양말을 그대로 두고 나왔다. 예상대로 공주가 욕실로 들어갔고 먼지는 밖에서 서성였다. 공주가 욕실 밖으로 나올 순간을 예상하며 가슴이 조금 두근거렸다나 어쨌다나. 아무튼 샤워를 마친 공주가 나오는 순간 먼지는 공주 손에 들린 빨래 뭉치에 온 신경을 집중했다. 그런데 아무리 봐도 벗어놓고 나온 제 양말이 보이지 않았다. 혹시 다른 빨래에 묻혔나 싶어 빨래를 너는 공주의 손끝을 끝까지 지켜보았다. 그러나 끝내 먼지의 양말은 없었다.

먼지는 급히 일어나서 막 욕실로 들어가려던 무수리를 제지하고 안으로 들어갔다. 샤워기 아래 어디에도 양말이 보이지 않았다. 빠르게 욕실을 훑던 먼지의 눈길이 한곳에서 멈췄다. 빠지지 않은 채 고여 있는 물. 하수구로 통하는 수챗구멍을 막고 있는 원인 물질은 바로 먼지의 양말이었다. 양말은 걸레처럼 오수 한가운데에 폭삭 잠겨 있었다.

먼지는 욕실 문을 조용히 잠그고 젖은 양말을 건져 휴지통에 처넣었다. 그리고 변기에 걸터앉아 오래오래 호흡을 가다듬었다.

무수리까지 샤워가 끝나고 저녁밥을 먹을 시간.

"둘이 나가라. 난 입맛이 없네. 나 컵라면 하나 먹어도 되지?"

무수리가 짊어지고 온 컵라면을 거리낌 없이 집어 들며 공주가 말했다. 처음부터 대답이 필요해서 한 질문은 아니었다.

먼지는 무수리와 함께 나가서 묵묵히 저녁을 먹었다. 다시 숙소로 돌아가는 길, 먼지는 조심스럽게 무수리의 팔꿈치를 잡았다.

"있잖아…… 미안한데 나랑 같이 여행사에 좀 가주라."

"여행사? 왜?"

"항공편 바꾸려고."

무수리는 잠자코 먼지를 데리고 여행사로 갔다. 이유를 묻지도 않았고 말리지도 않았다. 그리고 이튿날 새벽, 공항에 나가서 먼지를 배웅했다.

배웅하고 돌아오는 길, 무수리는 곰곰이 생각했다. 나는 왜 먼지와 함께 떠나지 못하고 남았을까. 그 정도로 공주가 얄밉지는 않아서? 아니면…… 혼자 남게 될 공주가 짠해서? 아니다, 그건 아니다.

돌아보니 무수리의 여행 기대치는 하루가 다르게 떨어졌다. 서로 다른 친구들의 성격에 맞추고, 갈등 상황을 조절하려 애쓰느라 지쳐갔다. 여행 전 일상에서도 늘 그랬듯, 보기 싫은 사람이며 거슬리는 사람을 적당히 무시하고 적당히 배려하며 묵묵히 견뎌냈다. 거기서와 마찬가지로 여기서도 그저 시간을 흘려보내며 견디는 일에 적응했다.

견. 디. 다.

갑자기 무수리의 가슴에서 바람 한 줄기가 빠져나가는 느낌이었다. 견디다니. 그 무슨 사치란 말인가. 비싼 돈 들이고 없는 시간 쪼개 어렵게 감행한 여행에서 견디다니. 팔자에도 없는 사치를 이런 식으로 맛보다니. 픽, 헛웃음이 새어 나왔다.

숙소로 돌아온 무수리는 한 발짝도 나가지 않고 종일토록 먹고 자고 먹고 잤다. 공주는 먼저 떠난 두 친구들 얘기는 입도 뻥긋하지 않았다. 궁금할 것 없다는 듯이, 혹은 처음 겪는 일도 아니라는 듯이.

여행 일정을 일주일 남겨두고 마지막 여행지로 이동하기 전날 밤이었다. 다른 때 같으면 다음 일정을 의논, 아니 브리핑을 ~~해트렸던~~ 했던 무수리가 무심한 얼굴로 질문을 던졌다.

"내일 넌 어디로 갈 거냐?"

돌연한 질문이었을까? 공주가 얼핏 놀란 눈치더니 이내 특유의 태연한 얼굴로 돌아와 또박또박 말했다.

"여기까지 왔으니까 여기서 세 시간 떨어진 유적지는 가야 하는 거 아니야? 난 네가 거기 빼먹을까 봐 걱정했다야. 거기 좋은 호텔도 있대. 솔직히 네가 숙소 잡아서 참고 아무 말 안 했는데 같은 값이면 훨씬 좋은 숙소 많았어."

무수리는 조용히 웃음을 지었다. 그리고 고개를 끄덕였다.

이튿날, 무수리는 새벽같이 일어나서 짐을 싸고 조식을 먹고 지난 3주간 도맡았던 지긋지긋한 정산을 했다. 그리고 호텔 입구에서 공주에게 정중히 인사했다.

"나는 유적지 별로 안 좋아해. 여기서 갈라지자. 구경 잘하고 좋은 숙소 잡아서 체크인해라. 남은 여행 마무리 잘하고."

공주의 표정이 어땠는지 무수리는 모른다. 굳이 그 얼굴을 살필 의욕 따위도 없었다. 그냥 홀가분한 마음으로 지체 없이 자리를 떴다. 한참 멀어지도록 공주의 목소리는 들려오지 않았다.

고요했다. 혼자 차지한 고요한 방에서 무수리는 지난 3주간을 돌이켰다. 꿈처럼 흘러가버린 시간들, 그 와중에도 즐거운 순간은 있었다. 하지만 좋았던 몇 가지 기억을 몽땅 털어 넣어도 지금 이 행복에는 미치지 못했다.

무수리는 보송보송 깨끗한 침대 시트 위로 몸을 던지며 깊은숨을 내쉬었다. 비로소 여행이 베푸는 휴식이 시작되는 느낌이었다.

여행지에서 무수리와 헤어진 뒤 세상 똑똑한 공주는 남은 일주일 동안 숙소, 이동, 관광지까지 다 해결해준다는 패키지 상품을 계약했다. 그런데 사기꾼한테 걸려든 거였다. 돈은 물론 여권까지 다 털린 공주는 울며불며 대사관을 찾아가 겨우겨우 돌아올 수 있었다고 한다. 거참 쌤통이다!

무수리들아!

1894년 이후 이 땅에서 신분제는 공식적으로 폐지되었다. 대체 누가 무수리고 누가 공주란 말인가. 아무리 속으로 외쳐본들 그간 무수리로 지냈던 습성이 하루아침에 고쳐질 리 없으니…… 자, 이제 공주와 만나 말할 수 없이 찜찜했던 그 무수한 순간들이 되풀이되지 않도록 눈 질끈 감고 딱 끊어 보자. 그냥 만나지 마!!!

2장 **타인**

익명으로
휘두르는
무례

금쪽같은 내 새끼

이 차에 금쪽같은 내 새끼 타고 있다!

어쩌라고? 말이야 막걸리야? 정보야 홍보야? 그리고 얻다 대고 대뜸 반말이야. 금쪽같은 새끼 태우니까 다른 사람들이 눈에 안 보이냐? 안 그래도 집만 나서면 투명인간 취급받고 사는 거 너도 아냐?

아무튼 그러니까 뭐, 나한테 운전 조심하라고? 새끼가 금쪽같 으면 그쪽이 조심해야 하는 거 아니냐? 좀 전에 내 앞에 깜빡이도 안 넣고 끼어들 땐 가관이더라. 나도 모범은 아니다만 너처럼 운 전하진 않는다. 왜냐고? 금쪽같은 새끼는 없어서 모르겠고, 이 차 엔 소중한 내가 타고 있어서 그런다!

투명인간이 소리 지른다고 누가 듣기야 하겠느냐만, 말이라는 게 원래 아 다르고 어 다른 거다. 굳이 정보를 주고 싶으면 그냥 심 플하게 전해라.

아. 기. 가. 타. 고. 있. 어. 요.

참, 말이 나온 김에 묻는 건데 아기가 타고 있다고 써서 붙이게 된 유래가 뭔지는 아냐?

1980년대 북미 지역에서 교통사고로 운전자 부부가 사망한 일이 있었다. 심하게 손상된 차를 차량 보관소로 옮겼는데 차 안에서 죽은 아기를 뒤늦게 발견했다. 사고를 조사하고 확인하는 과정에서 차가 너무 찌그러진 탓에 조그만 아기를 미처 발견하지 못한 것이다.

그 일을 계기로 교통사고를 비롯한 위급상황이 발생했을 때 아기를 먼저, 혹은 아기도 있으니 구해달라는 당부를 스티커에 담아 부착하게 되었다. 이 스티커는 차체에 붙이는 게 올바른 사용법이다. 사고가 날 경우 유리는 산산조각이 날 수도 있으니까. 그런데 아기의 안전을 생각한다면 스티커 붙이기보다 카시트를 장착하고 안전띠를 매주는 게 더 현명한 방법이다. 카시트에 앉은 아기는 웬만하면 뒤차에서도 보이기 때문이다.

못된 사랑 @#%!

관리 잘 된 잔디 운동장. 뛰기에도 좋지만 보기에도 좋다. 하늘 파랗고 구름 하얗고 바람 선선한 날 푸르게 펼쳐진 잔디밭은 보기만 해도 가슴이 뻥 뚫린다.

텅 빈 잔디 운동장에 건장한 남자 하나가 들어선다. 그림 좋다. 운동장과 잘 어울리는 조합이다. 남자 뒤로 강아지 한 마리가 졸졸 따라 들어선다. 남자와 강아지, 운동장 한가운데로 뛰어간다. 남자도 뛰고 강아지도 뛴다. 그러다가…… 강아지가 멈춘다. 남자, 멀뚱히 보고만 있다.

멀리서 봐도 알겠다. 배뇨든 배변이든 아무튼, 배설을 하는 거다. 건장한 남자의 두 손은 자유롭다. 그냥 맨손이다.

시원하게 볼일 마친 강아지가 또 팔팔하게 뛰어다닌다. 남자는 그 녀석에게서 눈을 떼지 못한다. 사랑스럽겠지. 보람도 느껴지겠지. 집에 갇혀 있던 녀석을 데리고 나와 넓고 시원한 잔디밭에서 운동시켜 주는 그 마음, 얼마나 뿌듯할까. 야생 본능을 억압하는 실내에서 벗어나 탁 트인 운동장 한가운데서 시원하게 볼일까지 봤으니 강아지는 또 얼마나 시원하겠나.

'에라 개 같은 놈아!'

지켜보는 투명인간은 어이가 없다. 이 운동장이 그러라고 있는 게 아니다. 그러라고 봄부터 공공근로자들이 잡초 뽑으며 땀 흘린 게 아니다. 그러라고 한여름 땡볕에 잔디 깎은 게 아니다. 그러라고 비싼 세금으로 하자 보수하고 시설 관리하는 게 아니다. 네 강아지 똥오줌 해결하고 너 홀가분해하라고 있는 운동장이 아니란 말이다.

이 운동장에서 사람들이 축구하고 달리고 구르고 넘어진다. 꼬마들이 야구하다가 주저앉고 눕는다. 거기 개를 끌고 들어가서 배설하도록 두고 나 몰라라 하는 걸 보면 네 눈엔 너랑 강아지만 총천연색 존재고 나머지는 다 흑백이겠지. 아니, 아예 눈에 뵈는 게 없겠지. 다른 사람들은 죄다 네 강아지보다 못한 투명인간이겠지.

시골에서 농사짓는 우리 어머니가 몇 년 전에 혀를 끌끌 차며 하던 얘기가 있다.

"논에서 일하는데 자가용 한 대가 지나가더라. 창문을 열더니 안에서 뭘 휙 던지데. 보니까 기저귀야. 차 안에서 애기 기저귀 갈고는 똘똘 뭉쳐서 논에다 던지고 간 거야. 욕도 안 나오더라. 이뻐 죽는 제 새끼 기저귀 그렇게 함부로 버리고 가면 그 욕이 누구한 테 가겠냐. 얼굴도 모르지만 배운 데 없는 인간이라고 보는 사람마다 욕할 거다. 그러면 그 욕 얻어먹고 키우는 애가 좋은 기운 받아먹겠냐?"

투명인간도 욕은 할 줄 안다. 그리 사랑하는 개, 똥 안 치우고 가면 그 욕이 돌고 돌아서 누구한테 가겠냐. 그 욕 얻어쳐먹고 키우는 강아지라고 좋은 기운 받아먹겠냐?

개가 똥 싸면 주인인 네가 직접 치워라. 무심코 밟으면 더럽다. 기분도 엄청 나쁘다. 아 참, 목줄도 채우고 입마개도 씌우고 다녀라. 우리 아이는 순해서 안 문다고 하지 마라. 어릴 때 물려봐서 아는데 키우는 개도 화나면 주인까지 몰라본다. 그리고…… 물리면 아프다, 엄청.

개인의 취향을
강요하지 마라

야, 야, 야, 내 나이가 어때서 ♬♩♪

술잔을 부딪치며 찬찬찬 ♩♩♪♪

쿵작쿵작 네 박자 속에 ♪♩♩♪♬

비가 내리고 음악이 흐르면 난 당신을 ♪♬♩♫

북한이 국제사회의 비난에도 불구하고 또다시 미사일을……💣

개취에 왈가왈부할 생각 없다. 트로트, 발라드, 클래식, 뉴스…… 누가 뭘 좋아하든 개인의 취향이다. 자기 좋아하는 거 자기가 듣는 데 참견을 왜 하겠나.

근데 혼자 들으면 안 되겠니? 꼭 그렇게 반경 10미터가 들썩거리게 큰 소리로 틀고 다녀야 속이 후련하냐? 솔직히 멧돼지 만난 것보다 더 놀란다. 새소리, 물소리, 바람소리 듣고 싶어서 산에

갔다가 저런 소리 만나면 걔 황당하다.

푸른 숲, 나뭇잎 사이로 비치는 하늘, 호젓한 오솔길에 음악만한 친구가 없지. 안다. 자연과 나, 그리고 음악. 이 얼마나 훌륭한 조합이야! 세속에서 벗어나 세상의 소식을 듣는 맛, 각별하지. 쩌렁쩌렁 시원하게, 크게 듣고 싶은 마음, 이해해. 누구나 그러고 싶을 때가 있으니까.

근데 웬만하면 이어폰이라는 걸 이용하지 않나? 구하기 어려운 것도 아니잖아. 굳이 만천하가 들으라는 듯이 음악을, 뉴스 소리를 난사하고 다니는 의도가 뭐냐고. '나 이런 거 듣는 사람이야' 하고 자랑하고 싶어서? 아니면 '들어보니 좋네. 같이 들읍시다', 배려인가? 그도 아니면 혹시…… 멧돼지 만날까 봐 방어용으로?

뭐 꼭 대답은 안 들어도 된다. 다 안다. 그냥 나 같은 인간들이 눈에 안 보이니까 그런 거거든. 도대체 안 보여. 투명인간인 거다 그냥. 안 보이니까 배려할 필요도 못 느끼겠지. 근데 투명인간 눈에는 당신들이 너무 잘 보이는데 어떡하나.

당신들, 아니 그 소리들을 만나면 투명인간의 뭔가가 팍 끊겨버린다. 걸으면서 나름대로 유지하던 흐름이랄까 리듬이랄까, 뭐 그런 게 끊겨버린다. 생각, 느낌……, 아무튼 뭔가의 맥락이 뚝 끊기고 흐트러지고 뭉개져버린다. 어쩌다가 마침 생각나서 속으로 흥얼거리던 노래를 우연히 듣게 되어 화들짝 반가운 경우는 거의 없다.

그쪽이 '네 박자' 듣고 싶을 때 이쪽은 '바람이 분다' 듣고 싶고, 그쪽이 '사랑 그 쓸쓸함에 대하여' 듣고 싶을 때 이쪽은 '파워 오브 러브' 듣고 싶다. 우연히 만나 서로 딱딱 맞아떨어지는 경우라는 게 개뿔 원래 잘 없는 법이다.

간단한 고기 굽기

대한민국 사람, 고기 참 좋아한다. 기념해야 하니까 고기, 공기 좋고 경치 좋으니까 고기, 오랜만이라 반가우니까 고기……. 뭐 꼭 특별한 날이 아니어도 고기 구울 핑계는 얼마든지 만들 수 있다.

"날도 날인데 간단히 고기나 굽지."

"반찬 여러 가지 할 거 있나? 간단히 고기나 구워 먹자고."

맞다. 고기를 주 식재료로 정하면 뭔가 느낌이 간단하다. 커다란 접시에 고기를 듬뿍 담아 내놓으면 다른 반찬은 모두 소소해지며 빛을 잃는다. 말 그대로 메인 디시! 젓가락이 집중되는 접시! 그러니 다른 반찬은 차라리 없어도 될 것 같다. 오로지 고기만 간단히 놓여도 불만이 없을 것 같다.

"고기는 내가 구울게!"

평소 숟가락 하나 챙길 줄 모르는 건장한 남성이 집게와 가위를 턱 챙기며 선언하면 그야말로 금상첨화다. 어쩐지 대접받는 느낌이랄까. 자, 두툼한 고기가 수북하고 고기 구울 사람까지 정해졌으니 이제 뭐가 부족한가. 이 많은 사람이 식당으로 가면 돈이 몇 배로 더 들거나 고기를 양껏 먹지 못할 게 뻔하다. 게다가 언제부터인지 고기는 남자가 굽는 게 불문율처럼 굳어졌다. 고기 굽는 남자는 점수 딸 절호의 기회이고 평소 밥상 차리던 여자들은 오랜만에 손가락 까딱 않고 구워주는 고기만 날름 주워 먹으면 된다.

"자! 굵은소금 좀 줘! 고기를 맛있게 구우려면 굵은소금을 솔솔 뿌려줘야지."

굵은소금? 그래, 가져와야지. 누군가, 아니 누구긴, 투명인간이 굵은소금을 가지러 자리에서 일어난다. 그런데 그 투명인간이 지금 처음 자리에서 일어나는 게 아니다. 일단 투명인간은 소금이 어디 있는지 아는 사람이다. 소금뿐만 아니라 온갖 부엌살림을 훤히 꿰는 사람이다.

사실 고기 굽는 일은 고기를 먹기 위한 모오오오든 과정 중에서 가장 나중에 실시하는 일이며 따지고 보면 누구나 할 수 있는 매우 단순한 작업이다. 아, 회식 장소에 한두 명씩 출몰하기 마련인 '프로 굽러'라면 받아들이기 힘든 억울한 언사일 수도 있겠다. 프로들 처지에서 보자면 고기 굽는 일이야말로 매우 섬세하고 예민한 타이밍과 어마어마한 스킬을 요하는 일일 테니 말이다. 인정한다. 프로들의 실력을 인정하고 존중한다. 그러니 프로들은 이 이야기를 아마추어들의 일상사려니 여기고 구경만 하기 바란다.

그러니까 대다수 아마추어는 고기라는 걸 핏물 가시고 대충 노

리끼리해지면 맛은 거기서 거기라고 생각한다. 그리고 가정에서 혹은 직장 야외 회식 장소에서 판 깔고 굽는 고기는 돼지 삼겹살이나 목살이기 십상이다. 별것 없다. 간단하다.

번잡하게 큰 상을 차릴 필요가 없다. 그냥 바닥에 기름이 튈 걸 대비해서 신문지를 좀 까는 것으로 시작하면 된다. 아니, 아니다. 그 전에 마트에 가서 채소를 좀 사야지. 남더라도 넉넉히. 상추……만 먹는 건 아니니까 깻잎도 좀 사야 한다. 아롱이다롱이 입맛이 다 다르니 아예 모둠 쌈 채소를 골라서 담는다. 그리고 마늘, 고추(청양고추+안 매운 풋고추+아삭한 오이고추), 오이도 산다. 양파와 버섯(팽이버섯+양송이버섯+새송이버섯)도 빠지면 섭섭하다.

장보기를 마친 투명인간은 서둘러 집으로 돌아온다. 그리고 곧장 부엌으로 직행한다. 채소들을 흐르는 물에 찰찰 씻는다. 상추는 한 잎 한 잎 꼼꼼히 들여다보며 특히 신경 쓴다. 농약도 무섭고 티끌도 무서우니까. 쑥갓이며 버섯이며 까만 점 같은 흙이 한 톨이라도 박힌 채로 쟁반에 담길까 봐 여간 신경 쓰이는 게 아니다. 어깨가 아프고 눈이 빠지도록 채소와 버섯을 씻어서 건져놓고 도마와 칼을 챙긴다. 이번에는 마늘을 굽기 좋게 먹기 좋게 편으로 썰고 오이는 찍어 먹기 좋게 길쭉길쭉 썬다.

다음은 상을 차릴 순서다. 고기 구워 먹는 자리이니 '간단'한 상이면 되는데 한편으로는 특별한 상이기도 하다. 준비한 마늘과 오이 그리고 고추, 모둠 쌈을 각각 두 접시 이상 군데군데 놓는다. 고기 구울 때면 어김없이 생각나는 묵은지를 김치 통에서 새로 꺼내는 것도 잊으면 안 된다. 고기와 환상의 궁합을 보여주는 파김치를 비롯해서 냉장고 구석에 모셔두었던 온갖 절임 채소도 골고루 담아 낸다. 그리고 가장 중요한 쌈장. 된장에 고추장, 잘게 썬 청양고추, 다진 마늘, 참기름, 꿀이나 설탕을 넣고 뒤적뒤적 잘 섞어서 조그만 종지에 세팅한다.

거기까지 투명인간이 준비를 마치면 집게를 들고 기다리던 오늘의 '얼굴'이 화려한 작업을 시작한다.

치익! 불판에 고기가 올라가고 투명인간은 그제야 자리를 잡고 앉는다. 익은 고기에 젓가락을 대면서 남이 구워주는 고기를 받아먹자니 괜히 미안한 마음이 들려고 한다. 구워준 고기도 자주 받아먹어 본 놈이 사람이 잘 먹는다는 속담이 있었던가, 없었던가. 아무튼 감개무량해서 한 쌈 싸는데 귓가에 들려오는 소리.

"기름장……. 어? 기름장이 없네. 난 기름장에 찍어 먹는데."

투명인간은 싸던 쌈을 그대로 내려놓고 급히 부엌으로 간다. 종지에 소금 조금, 참기름 한 숟가락을 부어서 들고 돌아서는 찰나, 이번엔 부엌에 있는 사람을 정확히 겨냥한 소리들이 들려온다.

"난 그냥 소금만 따로 줘!"

"키친타월도!"

"난 생된장!"

결국 투명인간은 쟁반을 하나 따로 챙기고 그 위에 차곡차곡 주문사항을 처리한다. 그걸 들고 들어가 드문드문 앞자리에 놓아주고 엉덩이를 붙이려는데 다시 혼잣말이 들린다.

"난 밥 없으면 고기 못 먹겠던데. 밥 있나?"

그나마 아직 앉기 전이어서 다행이라고, 털썩 주저앉았다가 일어나려면 무릎이 삐걱거릴 텐데 다행이라고 스스로를 다독이며 부엌으로 들어간다. 주걱 챙기고, 이왕 푸는 김에 밥도 두어 그릇 더 뜨는 중인데 등 뒤로 주문이 이어진다.

"양파랑 버섯 좀 더! 상추도 더 씻어야겠네."

"소주랑 잔도!"

그리고 아련히 들려오는 또 다른 목소리.

"뭐해! 얼른 와서 같이 먹지!"

그때쯤 투명인간은 식욕이 점점 떨어지는 걸 느낀다. 이대로 서 있는 게 나은지 들어가서 앉는 게 나은지 판단이 잘 안 선다. 그렇다고 굶으면 또 무슨 소리가 나올지 모르니 몇 점이라도 먹기는 먹을 것이다. 하지만 투명인간의 머리는 이미 매캐해진 실내 공기만큼이나 부옇다.

고기 구워 먹는 시간이 끝나면 설거지 차례다. 기름으로 얼룩진 그릇들을 말끔히 씻어 헹군 다음엔 불판을 닦아야 한다. 언제일지 모르지만 다시 사용할 그날을 위해 무거운 불판을 이리저리 돌려가며 기름기를 깨끗이 제거해두는 것이다. 그리고 마지막으로 상 대신 깔았던 신문지를 돌돌 말아서 버린다. 그리고 진짜 마지막으로 환기를 시키고 신문지로도 막지 못한, 바닥에 흩뿌려진 기름기를 물걸레질로 두세 번 닦아낸다.

　자, 여기서 갑자기 문제 나간다. 고기나 구워 먹자고 간단히(?) 제안하는 사람들 잘 듣고 맞혀봐라. 투명인간의 정체가 뭐게? 모르겠다고? 에이, 왜들 그래 다 알면서. 진짜 투명 외투 입고 앉아 있는 건 아니잖아. 보려고 들면 다 보이잖아!

　　1. 위 내용에서 반복 출연하는 투명인간이 누구인지
　　　〈보기〉에서 있는 대로 고르시오.

　　　〈보기〉 ㉠회사 신입 ㉡고스톱 진 사람 ㉢며느리
　　　　　㉣고깃집 점원 ㉤조직 막내 ㉥너네 엄마

　　① ㄱ, ㄴ ② ㄱ, ㄷ ③ ㄴ, ㄷ ④ ㄱ, ㄷ, ㄹ ⑤ ㄱ, ㄷ, ㅁ, ㅂ

　저기 말이야, 과정부터 결과까지 스스로 책임지고 즐길 게 아니라면 말이라도 가려서 하란 말이야. '간단히'라느니 '고기나'라느니 하지 말라고. 아니면 혼자서 간단히 고기나 구워 먹어보든가.

혼밥하러 갔다가

"여기 물수건 갖고 와! 물도 더 주고."

어디서 나는 소리야? 음…… 고급 양복에 2대8 가르마 깔끔하고, 부티가 자르르. 그만하면 중후하니 성공한 중년 남잘세. 근데 혀가 왜 반 토막이야?

"상에 물기 있잖아. 깨끗이 닦아봐."

목소리는 또 뭐 저렇게 크고 당당해? 다른 손님은 눈에 안 뵈나? 아, 참, 안 보이지. 나는 투명인간이지. 근데, 내가 당하는 것도 아닌데 왜 내가 치받는지 모르겠네. 이런 ~~쉐보레 시모노세키~~ 언제 봤다고 반말이야! 종업원이 네 ~~새끼~~ 자식이냐? 나이 많고 돈 많으면 어디서 반말 자격증 주냐?

투명인간은 닦던 물수건을 냅다 내던지며 소리쳤다. 아, 물론 아무에게도 들리지 않는 투명한 목소리로. 그때 누구에게나 다 들리는 낭랑한 목소리 하나가 투명인간의 귀를 스쳤다.

"여기요, 테이블 정리하고 수저통 새로 갖다 주세요."

이건 또 뭐야? 저 건너 식탁은 언제 폭격을 당한 거야? 물은 왜 저리 흥건하고 냅킨은 또 왜 저리 널려 있냐? 그리고 으아…… 수저통! 꼬마 녀석이 수저통을 냅다 엎어버리고 좋다며 손뼉 치고 있다. 애가 식당에 혼자 왔나? 그럴 리가. 엄마 따라왔겠지. 그런데 애 엄마는?

방금 식탁 정리와 새 수저통을 요구한, 목소리 낭랑한 그분이 애 엄마시다. 한바탕 휘젓고 흥분에 겨워 손뼉 치는 아이 옆에서 스마트폰 들여다보느라 바쁘신 분.

에이, 설마 지금 정말로 전화기 보는 건 아닐 거야. 보는 척하는 거겠지. 자기 아이가 저지른 짓이 하도 황당하고 민망해서 차마 얼굴을 들 수 없어서 전화기 보는 척하는 걸 거야. 아니면 그 뭐냐…… 광장공포증인가? 마음은 막 흥건한 식탁을 닦고, 냅킨 정리하고, 수저통에 숟가락 젓가락 담아서 주방에 갖다 주고 막…… 죄송하다고 머리 숙이고, 애한테 이런 짓 하면 안 된다고, 공중 예절이라는 게 있다고 교육도 좀 시키고 싶은데…… 광장공포증이 있는 거야. 이목이 한꺼번에 쏠리는 그 공포를 견디지 못하겠는 거지, 그래 그럴 거야…….

아 놔…… 이해하려고 엄청나게 노력하다 보니 당이 떨어지네. 뭘 먹긴 먹어야겠는데 왜 이렇게 입맛이 쓰냐. 맛난 것 좀 먹어보겠다고 없는 돈에 외식까지 나왔는데, 주문도 벌써 해버렸는데…….

투명인간은 저혈당과 고혈압 사이 협곡에 갇힌 채 깊은 고뇌에 빠졌다.

소확행 즐기러 갔다가

어라? 저거 저거…… . 대여섯 살짜리 사내아이 둘이 자리 위에 올라서고, 걸어다니고…… 두 팔을 치켜들고 제자리에서 뛰기까지 한다.

어디서 그러고 있냐면 카페 소파다. 벽을 등지고 앉을 수 있도록 길게 배치한 푹신한 소파. 그 자리를 방금 엄마들과 함께 들어온 아이들이 밟고 올라섰다.

운. 동. 화. 를. 신. 은. 채. 로.

투명인간, 막 쿠키를 베어 무는 참이었다. 넓지는 않지만 실내 장식이 심플하면서도 안락하고 커피 맛이 좋아 단골이 되었다. 한 가지 더, 주인이 손수 만든 쿠키 맛도 일품이다. 큼직한 쿠키 다섯 개 한 묶음에 오천 원. 그냥 먹어도, 커피와 먹어도 최고다.

아무튼, 오도독 쿠키를 씹는 순간 눈에 들어온 광경에 투명인간은 외투 앞섶에 떨어진 과자 가루를 털어낼 생각도 못 한 채 애 엄마들을 바라봤다.

'신발, 벗으라고 하겠지, 아니면 벗기겠지?'

노, 노, 노, 엄마들 눈에는 아이들도 투명인간인가 보다. 전혀 동요하는 기색이 없다. 천하태평한 얼굴로 깔깔깔, 수다만 떨고 앉았다. 아아, 아이들이 저 알아서 놀아주니 세상 홀가분하고 편하다는 표정을 그만 투명인간이 읽고 말았다.

'이런 신발! 저 의자 좋아하는 사람이 얼마나 많은데. 밖에서 뭘 밟고 다녔는지 알 수 없는 운동홧발로 저걸 짓밟다니! 애들 신발 에는 개똥도 안 묻는 줄 아는 거야, 뭐야!'

"여! 야 이 새꺄. 봤으면 형님한테 신고부터 해야지."

이건 또 무슨 소리? 아이들 놀이터로 변한 테이블 건너 건너에 서 나는 소리다. 투명인간과는 꽤 떨어진 거리인데 바로 귓가에서 소리친 줄 알았다. 30대 남자 둘.

"이 씨××이…… 너야말로 형님한테 큰절 안 하냐!"

투명인간, 하마터면 벌떡 일어나 큰절할 뻔했다.

"요새 공은 안 치냐?!"

"야야, 씨× 말도 마라. 조낸 바빠서 필드 구경도 못 간다. 그래 도 한 달에 두 번은 가려고 하지!"

띠리리, 전화벨 소리도 남다르다. '조낸' 바쁘긴 바쁜가 보다. 대 화 나누시랴 전화받으시랴 정신이 없다.

"여보세요! 아 씨, 끊어졌네."

투명인간 귀에서 수증기가 칙칙 나오는 것 같다. 아니, 내가, 왜, 지금, 여기서, 알지도 못하는 남자들 사업 얘기를 들어야 하지? 골프…… 뭐라니? 대체 왜 소리는 지르고 좌랄 난리야. 입은 왜 저래. 걸레로 양치질하고 사나? 설마, 지금 이거 일부러 다 들으라고 더 크게 소리 지르는 거?

그러고 보니 남자들, 자랑스러워 죽겠는 얼굴이다. 일부러 들으라고 크게 소리 내는 게 맞나 보다. 나 잘나가는 사업가야, 나 골프 치는 남자야. 이런 나를 좀 알아줘야 하지 않겠나?

"쳤습니다! 홈런! 홈런!"

이 무슨 신선한 소음인가. 이번에는 뒷자리다. 언제 들어왔는지 모를 젊은 남자가 휴대폰으로 야구 중계를 보는 모양이다. 제가 좋아하는 팀이 홈런을 쳤는지 갑자기 볼륨을 확 높이고 주먹을 불끈 쥐었다.

홈런이고 나발이고. 중계방송 크게 듣고 싶으면 자기 집에서 볼 것이지. 가뜩이나 열나는데……. 게임이든 스포츠 중계든 방에서 은둔하며 즐기는 분들은 가히 선비라 할 만하다. 이어폰 꽂고 듣든지!

"엄마 저거, 과자!"

이번엔 뭐냐. 지금 운동화 꼬마 1이 손가락질하는 사람이 진정나, 맞냐?

투명인간이 문득 눈 돌려 자기 손을 본다. 아, 쿠키!

"엄마 나도 저거 줘!"

엄마들뿐만 아니라, 목청 좋은 남자들까지 쳐다본다. 이건 또 무슨 스포트라이트?

"저 쿠키는 저희 카페에서 만들어 파는 거예요."

카페 주인이 구원의 손길을 내민다. 운동화 꼬마 1 엄마가 주인 쪽으로 시선을 돌리자, 다행히 나머지 눈길도 그쪽으로 따라간다.

"한 봉지에 다섯 개네요? 너무 많은데? 그거 두 개만 빼서 애들 하나씩 주면 안 돼요?"

"그건 좀…… 묶음으로 파는 거라서요."

"음료 시켰잖아요. 그냥 하나씩만 주죠. 많이 먹지도 않으니까."

투명인간, 귀를 문질러본다.

설마 지금 공짜로 쿠키를 달라는 거냐? 엄연히 돈 받고 팔자고 심혈을 기울여 만든 상품을? 옆집 애가 먹던 새우깡 봉지에서 몇 개 꺼내 나눠주면 되는, 그런 게 아니란 말이다.

"과자 하나 갖고 뭘 그래요? 애 하나 주라는 걸 가지고. 이 집 참 빡빡하네!"

벌떡! 투명인간은 결연히 자리에서 일어났다.

오늘은 다 버렸다! 바람 선들선들 불고 하늘 맑아서 오랜만에 조용히 커피 마시면서 힐링이나 할까 했는데 물이 너무너무 안 좋다! 카페 주인 몸에서 사리 자라겠다.

아 참, 중요한 걸 놓고 갈 뻔했다. 쿠키. 한 조각밖에 안 남긴 했지만 이 귀한 걸 절대 남겨놓고 갈 수는 없다. 박박 씻어도 닦이지 않을 것 같은 귀는 남겨두고 싶지만.

투명인간은 하나 남은 쿠키를 냅킨에 정성껏 싸서 에코백에 넣은 다음 카페 문을 열고 총총히 멀어졌다.

자동차 사용 설명서

대형 마트 주차장 가는 길은 멀고도 험했다. 하필 붐비는 시간. 막히는 길에서 빠져나와 겨우겨우 주차장 진입로에 들어섰지만 진행이 더디기는 마찬가지였다. 가뜩이나 가다 서다 하는데 앞차가 브레이크 밟는 횟수는 필요 이상으로 많았다.

뭐 밀리는 길이니까 자주 밟는 게 당연하지⋯⋯ 근데 이건 해도 해도 너무하잖아!

마침내 지하 주차장 입구, 근데 어라? 앞차 브레이크 등이 꺼질 줄 모른다. 그러고는 곧장 비상등이 깜박깜박. 뭐야, 투명인간이 고개를 내밀고 보니 앞차의 앞차는 이미 지하 입구로 사라지고 없었다. 앞길도 트였는데 왜 안 움직여? 하는 수 없이 짧게 경적을 울렸다. 뒤따르던 차들도 빵빵, 신경질을 내기 시작했다.

까닭 모를 비상사태를 알리던 앞차 운전석 문이 열리더니 중년 여성이 내렸다. 그러고는 거침없이 마트 쪽으로 휘휘 걸어가는 게 아닌가.

"어… 어?"

투명인간이 다급하게 창문을 내리고 물었다.

"저기요. 차를 저렇게 해놓고 어디 가시는 거예요?"

다행히 걸음을 멈춘 중년 여성이 태연하게 대답했다.

"아니, 내가 운전이 서툴러서. 보니까 지하 주차장 내려가는 길이 상당히 좁네. 여기다 잠깐 세우고 얼른 들어가서 우유 하나만 사 오려고요."

띵—

"네? 거기는 차를 세우는 데가 아니라고요! 주차장 입구잖아요, 입구!"

저도 모르게 투명인간 목청이 높아졌다. 이 판국에 욕 안 나간게 다행이었다. 근데, 이쪽이 목소리 높였다고 그쪽도 신경질 났나 보다.

"그러니까 비상 깜빡이 켰잖아요!"

아, 비상 깜빡이…… 말문이 턱 막혔다. 비상등 쓰임새가 저거였구나, 그걸 여태 모르고 있었구나, 운전 처음부터 다시 배워야겠네……. 자책이 쓰나미처럼 밀려왔다.

우여곡절 끝에 쇼핑을 마치고 돌아가는 길. 밤이 이슥해서 차는 막히지 않았다. 집 근처, 편도 1차로 간선도로는 한산하기까지 했다. 반대 차선은 시내로 나가는 길이라 아직 붐볐다. 지금 그 차선이 아니라 이쪽 차선에 있다는 게 얼마나 큰 행운인지. 뭔지 모르게 평소보다 피곤하고 찜찜해서 얼른 쉬고 싶을 때는 더더욱.

그런데 훤하던 시야가 갑자기 막혔다. 급히 브레이크를 밟았다. 도로 한가운데에 차 한 대가 서 있다. 왼쪽 방향 지시등을 깜박이면서.

뭐야? 이번엔 진짜 비상사태? 근데…… 비상등이 고장이야? 왜 왼쪽만 불이 들어오지?

소심한 투명인간, 조심스럽게 경적을 울려보았다. 요지부동. 한산하던 도로에 차가 한 대 두 대 늘어나 뒤로 꼬리를 물기 시작했다. 다시 한번 경적. 이번에도 잠잠하면 문 열고 나가 살펴보자 마음먹었다. 운전자에게 무슨 일이 벌어진 건 아닌지 슬슬 걱정이 몰려왔다.

그때였다. 벌컥, 앞차 문이 열리더니 건장한 남자가 성큼성큼 다가왔다. 창 내리라는 손짓을 해가며. 슬금슬금 창을 내렸다. 남자가 따지듯이 물었다.

"보면 몰라요? 왜 크락숑은 자꾸 눌러요?"

"네? 모르겠는데요. 길 한가운데다 차를 세워놓고 계시면 어떡합니까? 따라오던 차들이 다 못 가고 있잖아요. 안 보이세요?"

"아, 나…… 그러니까 내가 좌회전 깜빡이 켜고 있잖아요! 저쪽 차선이 밀려서 좌회전을 못 하니까 할 수 없이 기다리는 거잖아, 지금!"

아, 좌회전 깜빡이…… 몇 시간 전 비상등 트라우마가 엄습해 왔다. 아득해지려는 머리를 간신히 붙들고 이 상황을 스스로에게 설명해주었다.

음, 딱 여기서 좌회전을 해야 하는데, 다시 말해서 목적지가 여기서 왼쪽으로 꺾어져서 가는 방향인데, 여기는 신호가 없는 곳이야. 정확히 표현하자면 그냥 직진만 하는 길인 거지. 여기서 500미터 더 가면 사거리가 나오고 거기서는 좌회전, 유턴 다 돼. 근데 목적지가 이 근처인 거야. 딱 여기서 좌회전해야 가까운 거지. 그래서 떳떳하게 왼쪽 방향 지시등을 켜고 틈이 나기를 기다리고 있었던 거야…….

이런 경우를 뭐라고 해야 하나. 깜빡이 성애자? 깜빡이 만능주의자? 나한테 비상이면 비상등, 내가 가고 싶은 방향 가리킬 때 방향 지시등!

"여기 좌회전 안 되는데…… 조금 더 가셔서……"

남자는 투명인간 말은 듣지도 않고 다시 성큼성큼 자기 차로 돌아갔다. 그리고 계속 깜빡이며 서 있다. 투명인간은 반대쪽 차선이 어서 뚫리기를 하염없이 기다리며 스스로를 나무랐다.

책으로만 운전을 배운 멍청이 같으니라고. 응용력이라곤 쥐뿔도 없는 나 같은 건 차 몰고 다닐 자격도 없어.

또다시 마트 주차장. 붐비는 주차장에 방금 딱 한 자리가 비었다. 막 그 자리를 지나쳐 저만치 가던 비상등 성애자의 차, 아니나 다를까 갑자기 비상등을 켜고 급 후진으로 돌진한다. 뒤따라가던 차가 경적을 요란하게 울렸지만…… 쾅!! 이런! 그러고 보니 블랙박스 장착한 뒤차는 새로 뽑은 게 틀림없는 벤△ S클래스!

투명인간들이여!

무례, 몰상식, 몰염치에 지친 이들이여!

먼저 여러분에게 경의를 표한다.

상식 지키며 착하게 살아내느라 애쓴다. 그대들 덕분에 세상이 이만큼이라도 평화로운 거다. 하지만 너무 참으면 체한다. 그렇다고 안 참고 나서서 싸우자니 뒷일이 골치 아플 게 뻔하고. 쿨하게 법적으로 해결 가능한 부분은 법에 맡기고(조용히 신고하고), 법으로 할 수 없는 부분은 혼자 욕이라도 실컷 하자. 더러워서 상대 안 했다고 혼자 욕도 못 하랴. 시원하게 욕하고 잊어버리자.

누군지도 모르는 인간들 때문에 귀한 시간 망치지 마라.

어차피 쓰레기는 쓰레기일 뿐!

3장 가족

이
죽일 놈의
가족

네 시간은 퍼스널이고
내 시간은 퍼블릭이냐

□□ : 어수룩하여 이용하기 좋은 사람을 비유적으로 이르는 말.

이 설명을 보고 떠오르는 얼굴이 있는가? 있다면 그 얼굴은 자신인가, 타인인가?

아무튼, 이런 사람을 가리키는 용어는 이거다. 호구.

어디에나 호구는 있다. 어수룩한 그 사람을 이용하는가 이용하지 않는가, 이용한다면 얼마나 자주 이용하는가, 소극적으로 이용하는가 적극적으로 이용하는가 정도의 차이가 있을 뿐.

그런데 다름 아닌 자신이 '호구'일 때는 차원이 좀 달라진다. 호구는 원체 어수룩해서 자신이 호구라는 사실을 모를 가능성이 높다. 모르는 채로 호구 노릇을 너무 열심히 하느라 일상이 고달프고 바빠서 지쳐 있기 십상이다. 그래서 때때로 한숨을 몰아쉬며 내 삶은 왜 이리 여유가 없을까, 이유 있는 자책을 한다.

호구는 어디에나 있다. 집집마다 웬만하면 하나씩은 있다. '가족 호구' 또는 '집안 호구'라고 할 그 호구의 특성을 살펴보자. 우선 남성이든 여성이든 부모에게 '딸 역할'을 하는 사람이 호구일 확률이 가장 높다. 그리고 다른 가족 구성원에 비해 시간이 많다고 여겨지는 사람이다. 돈을 버는지 안 버는지, 번다면 많이 버는지 적게 버는지는 중요하지 않다. 성격이 급하거나 아니면 지나치게 원만하거나 오지랖이 넓거나, 아무튼 가족의 일상에서 가장 자주 등장하고 활약하는 사람이 호구일 가능성이 크다.

아침이면 출근하고 저녁이면 퇴근하는 직업이 있으면 일단 호구의 범위에서 벗어나기 좋은 조건을 가졌다. 무엇보다 물리적인 시간이 부족하니까. 아, 물론 그 좋은 조건을 지녔음에도 불구하고 굳이 주말 시간을 할애하여 호구 노릇을 하는 이들도 곳곳에 존재한다. 어쨌든 그와 같은 특성을 극단적으로 단순화해 보면 '프리랜서 딸'이라는 캐릭터가 생성된다. 다시 한번 말하는데, 엄격한 분류에 따른 직업인으로서 프리랜서를 의미하는 것도 아니고 성별로서 딸을 의미하는 것도 아니다. 순전히 남들 눈에 시간이 좀 많아 보이면서 딸 역할 하는 사람을 편의상 캐릭터화한 것뿐이니까 오해 금지.

이제부터 그 프리랜서 딸의 일상을 소개하려고 한다. 읽다가 그녀(혹은 그)의 얼굴에 당신이 아는 사람의 얼굴이 겹쳐지거든 그가 바로 호구다. 혹, 그녀의 일상에 당신의 그것이 겹쳐서 지나치게 익숙한 느낌이 들거든 당신이 바로 호구다.

그녀는 부모와 가장 가까이에 살고 있을 확률이 높다. 한집이
든, 한동네든, 멀리 살다가 자발적으로 옮겼든. 한집에 살아도 제
방에 틀어박혀 안 나오는 자식이 있고, 한동네에 살아도 1년 가야
얼굴 한 번 보기 힘든 경우도 있다. 하지만 그녀는 다르다. 그녀는
부모의 삶을 끊임없이 지켜보고 보살핀다. 뭐 굉장히 무뚝뚝하고
퉁명스러운 태도라고 해도 아무튼.

가정의 평화를 위해 그녀는 주로 집사 역할을 한다. 부모를 위
해 하루 평균 두 번은 마트에 들러 물건을 사고, 부모 외출 시에는
운전사 노릇을 한다. 소소한 물건값이나 연료비를 따지는 건 치사
한 일이라 여긴다.

이따금 멀리서 지내는 다른 가족이 방문할 때, 그 가족을 마중
하고 배웅하는 것도 그녀의 몫이다. 기차역으로 터미널로 차를 갖
고 나가 데려오고 데려다준다. 그런 일을 부모는 말할 것도 없고
다른 가족 모두 당연한 업무라고 생각한다. 그래서 그녀의 시간
과 일정 같은 걸 미리 점검하거나 배려하는 이는 없다. 아니, 설령
선약이 있더라도 미루거나 취소하고 자신들을 수행할 거라고 믿
는다. 왜냐면 그녀는 그냥 그런 사람이기 때문이다. 필요할 때 늘
그 자리에 있는 사람.

가족 모임이 있을 때 그녀는 지근거리에서 엄마를 보좌한다. 모
처럼 오는 가족을 위해 엄마가 차리는 밥상에 그녀의 활약이 빠질

수 없다. 시장 보기, 요리 보조, 상 차리기, 마지막으로 설거지까지. 틈틈이 오래 비워둔 방 청소도 한다. 환기시키고 청소기 돌리고 물걸레질까지. 화장실 청소도 빼놓을 수 없다. 오랜만에 모인 온 식구가 쾌적하게 지내야 엄마 마음이 편하니까.

식구들이 머무는 동안에도 할 일은 많다. 아이들 간식 사다 나르고, 이 방 저 방 아무렇게나 던져놓은 쓰레기 정리하고, 깨끗이 비운 휴지통 제때제때 대령하고……. 모임이 끝나고도 그녀가 할 일은 많고도 많다. 알다시피 우선 할 일은 식구들을 역으로 터미널로 태워다 주는 일. 그리고 돌아와서는 또 집안일. 이 방 저 방 널린 이불들을 털고 접어서 차곡차곡 제자리에 넣는다. 그중 몇 개는 세탁기에 넣어 돌린다. 청소기 돌리고 걸레질하고, 벗어놓고 간 옷들은 모아서 세탁기 돌리고. 단순한 반복이지만 그리 단순하기만 한 일이 아니라는 걸 안 해본 사람들은 잘 모른다.

사실 자기들이 묵은 방은 자기들이 청소하는 게 이치에 맞는 일이다. 부모 집이 호텔이나 모텔도 아니고, 자기가 안 하면 모든 일이 엄마 차지일 게 뻔한데 말이다. 하지만 방 청소 같은 걸 해놓고 가는 배려는 웬만해선 없다. 믿고 맡기는 호구가 있으니까. 허리 무릎 아픈 엄마가 하는 꼴을 보느니 내가 한다고 나설 게 틀림없는 호구가 있으니까.

그녀가 싱글이라면 명절에 더 특별한 경험을 한다. 명절에 가족들이 모이는 건 지당한 일이다. 하지만 명절은 싱글인 그녀가 오랜만에 고향 방문을 한 친구를 만날 수 있는 때이기도 하다. 어린 시절을 함께 보낸 친구들이 모처럼 한데 모이기엔 명절만 한 기회가 없다. 그녀뿐만 아니라 그녀의 언니 오빠도 결혼 전에는 다 그랬다.

그런데 그 약속마저도 마음 놓고 하지 못하는 경우가 있다.

언니가 얼마 만에 오는데 네가 나가면 어떡하냐. 언니 좀 쉬게 네가 좀 챙겨야지. 오빠랑 올케도 살펴야지. 오랜만에 보는 가족들이랑 대화도 하고 그러지 어딜 나간다고 해.

저희들 결혼 전에는 친구 만나서 밥 먹고 술 먹고 춤추고 별짓 다 했으면서 그녀가 나간다고 하면 서운하다고 난리다.

참 희한한 것을 다 서운하다고 하는 건 또 있다. 부모가 갑자기 아플 때 병원에 모시고 가는 것도 당연히 그녀 몫이다. 동네 병원에서 치료되면 다행이지만 큰 병원 응급실로 무작정 달려야 할 때도 있고, 며칠 입원실 신세를 져야 할 때도 있다. 그 모든 과정에 그녀가 함께하는 건 물론이다. 왜냐면 가장 가까이 있고 가장 시간이 많으니까. 아니, 그렇다고 남들이 여기니까.

편찮은 부모님 병원 모시고 다니는 일에 그녀가 불만이 있을 건 없다. 불만은커녕 처음 입원 때는 엄두가 안 나던 보호자 침대도 익숙해지는구나, 혼자서 웃을 일도 생긴다. 심지어 어느 병원 보호자 침대가 더 길고 넓은지, 어느 병원 어디 화장실이 쾌적하고 한갓진지 터득하는 경지에 이르기도 한다.

괜찮다. 자식이니까 기꺼이 맡아서 할 도리다. 그런데 멀리서 말로만 감 놔라 대추 놔라 지적하고 간섭하는 다른 식구들을 대할 때면 욱, 하고 올라온다.

부모님 아픈데 왜 빨리 알리지 않았느냐, 진작부터 조짐이 있었다던데 그 얘긴 왜 안 했느냐…….

그렇게 가슴 아프고 걱정되면 평상시에 디테일하게 안부 묻고 건강 상태를 체크했어야지, 자주자주 찾아뵙고 안색이라도 살폈어야지. 너는 출퇴근하시느라 귀하고 바쁜 몸이다 이거냐. 네 시간은 소중한 너를 위해 쓰는 퍼스널이고 내 시간은 온 식구의 공동 이익을 위해 바쳐야 할 퍼블릭이냐.

가족에게 봉사하는 일이 나쁘다는 소리는 아니다. 생판 모르는 남을 위해서 자원봉사도 하는데 내 식구한테 시간 내고 마음 내는 게 나쁠 일이 뭔가. 다만 배려는 좀 하면 좋겠다는 얘기다. 나에게 금쪽같은 시간은 호구한테도 소중하다. 소중한 시간 쪼개고 쪼개서 허드렛일도 하고 간병도 하는 것이다. 귀한 가족을 위하는 일이니까.

호구가 바라는 건 큰 게 아니다. 호구의 시간, 그 시간의 가치를 알아주기만이라도 하라는 것. 모처럼 가족들 모일 때는 호구한테도 모처럼 자유시간 좀 주는 배려 정도만 베풀어주라는 것. 오늘 만큼은 내가 할 테니 가서 놀고 오라는 시혜를 가끔씩이라도 내려

달라는 것.

경고하는데 너무 배려받지 못하면 호구도 각성한다. 여태 호의와 배려로 한 일이었는데 알고 보니 집안 호구였다는 배신감이 들면 아무도 못 말린다. 웬만하면 원만하던 호구가 어느 날 바락바락 소리 지르며 울부짖거든 각성했음을 알아차려야 한다. 충고하건대, 그땐 주책없이 나무라거나 따박따박 따지지 말고 순순히 사과하는 편이 낫다. 안 그러면 진짜 호구 맛을 보게 된다.

호구, 호구 하면서도 사람들이 자칫 놓치는 게 있다. 호구라는 말이 또 다른 뜻으로 쓰이기도 한다는 걸.

호구 : 범의 아가리라는 뜻으로,
매우 위태로운 처지나 형편을 이르는 말.

가족 ATM

부재중 전화 4통, 문자 2통.

대충 짐작이 가지만 호구는 잠시 고민에 빠진다. 점심이나 먹고 나서 열어볼까? 아니야, 어쩌면 진짜 급한 일일지도 모르잖아.

호구는 지레 조마조마한 마음으로 문자를 확인한다.

> 우리 딸. 미안한데 엄마 좀 급해서.
> 전화 주세요.

때마침 밥 먹으러 가자며 동료가 부른다. 전화는 나중에 하라는 신호로 해석하고 그냥 걸음을 옮긴다. 하지만 머릿속은 이미 짜증스럽게 엉킨 뒤다. 엄마가 급하다는데 불안하고 염려되는 게 아니라 짜증이 난다. 그 사실이 또 짜증을 불러일으킨다.

식당 입구, 전화벨이 울린다. '급한' 엄마가 그새를 못 참고 전화를 했다.

"엄마, 왜?"

"급해서."

자기도 모르게 얼굴이 상기되는 걸 느끼며 호구는 주변을 살 핀다. 옆에 있는 동료에게 먼저 들어가라고 손짓한다. 그리고 식 당 문 옆으로 돌아선다.

"지금 회사야. 많이 급한 거 아니면 퇴근하고 전화할게."

"아니, 잠깐이면 돼. 듣기만 해. 엄마 너무 급해서 그래. 오십만 원만 보내줘."

"엄마…… 아…… 오십만 원도 없어? 나 지금 일하는데……."

"아휴, 미안한데 엄마가 너무 급해."

"알았어, 알았다고, 끊어."

호구는 밥이 코로 들어가는지 입으로 들어가는지도 모르고 점 심시간을 보냈다. 허기는 허기대로 느껴지는데 입안은 모래알을 씹는 것 같았다. 동료가 뭐라고 얘기를 한 것 같은데 한 마디도 기 억나지 않는다. 깊은 한숨을 내쉬며 휴대폰을 꺼내 은행 앱을 켜 는 순간까지도 고민이 이어졌다.

'보내? 말아?'

도대체 그게 왜 고민인가, 물을지도 모른다. '엄마가 급해서' 부 탁하는데 러시앤캐시 사채라도 얻어서 보내야 하는 게 아니냐고. 호구도 그 정도 상식과 정은 갖고 사는 사람이다. 그런데 그렇게 걱정 가득한 마음으로 앞뒤 재지 않고 보내야 하는 처지가 차라리 부럽다. 오죽 급했으면 자식에게 부탁을 할까, 도리어 마음이 짠해지는 경우라면 얼마나 좋을까.

나중에 돌려받는 일은 호구도 당연히 기대하지 않았다. 엄마니까. 하지만 문제는 이게 처음이 아니라는 거다. 돈을 보내고 나서 한 번도 무슨 급한 일이었는지 설명을 들은 적도 없다. 무엇보다 짜증 나는 건 시간 여유를 전혀 주지 않는다는 거다. 돈을 부탁할 수도 있지만 적어도 사흘 아니, 하루 전에라도 미리 얘기하면 안 될까. ~~참! 급하게 필요하다고 했지, 급한데 미리 연락하기 힘들 수 있지.~~ 늘 급하니까 바로 보내라고 한다. 얼마나 급한지 모르지만 자식이 직장에서 일을 하는 시간인지, 밥을 먹는 시간인지 그런 건 전혀 안중에 없다. 심지어 회의 중이라고 문자를 보내도 아랑곳없다. 연결해서 용건을 말하기까지 막무가내로 문자를 보내고 통화를 시도한다.

아, 다 됐고! 무엇보다 큰 문제는 호구가 부자가 아니라는 거다. 사정이야 어떻든, 태도가 어떻든 호구가 가진 게 넘치도록 많으면 아무 문제 안 된다. 그런데 안타깝게도 호구는 그냥 평범한 직장인이다. 월급 받으면 쪼개고 쪼개서 빠듯하게 살아가는 평범한 서민이다. 그래서 엄마의 다급한 구조 요청에 짜증부터 나는 자신이 밉고, 부족한 재력을 확인하는 순간마다 자괴감이 생긴다.

'내 사정은 생각도 안 하고 필요할 때마다 막무가내로 이러면 어떡해. 이번에 보내고 끝이라면 모를까. 아…… 하지만……
기다리고 있겠지?'

그렇다. 그래도 단칼에 거절하지 못하고 고민을 계속하는 건 상
대가 가족이기 때문이다. 이번에는 엄마지만 그전에는 오빠였고
어떤 때는 아빠다. 적게는 십만 원, 많게는 오백만 원 최대 천만 원
까지 보내봤다(그때 받은 대출금을 지금도 갚고 있다). 언제나 다급했
고, 딱했다. 못 들은 척할 수도 있었다. 그렇지만 식구들이다. 당장
돈은 지키겠지만 그러고 나서 짊어져야 할 마음의 부담은 비용으
로 치면 얼마나 클까. 어찌 됐든 돈으로 해결할 수만 있다면 그게
가장 쉬운 일이라고, 호구는 생각했다.

이번에도 그래서 보냈다. 다달이 번 돈에서 생활비를 제외한 푼
돈이 겨우 쌓여가던 통장 한 귀퉁이가 툭 떨어져 나갔다. 한숨이
새 나왔다.

'왜? 왜 나한테 언제나 돈이 있을 거라고 생각할까. 아무 때나
달라면 다 줄 수 있는 사람이라고 여길까. 끝까지 거절했다면 엄
마한테 정말 큰일이 일어났을까?'

생각해보면 그렇게 보낸 돈이 '큰일'을 틀어막는 것 같기는
했다. 입금하고 며칠 동안은 아무 연락이 없었으니까. 고맙다느
니, 그 돈은 어디에 어떻게 썼다느니, 추후 설명은 없었다. 뭐, 엄
마만 그랬던 건 아니다. 누구든 매뉴얼이라도 있는 것처럼 똑같은
반응, 아니 무반응. 정말 쿨한 식구들이다.

호구는 잠시 쿨한 식구들의 '호구 내력'을 짚어보았다. 식구이 긴 하지만 자주 얼굴 맞대기 힘든 처지들이다. 호구를 비롯한 삼남매가 모두 결혼해 제 가정을 이룬 뒤로는 한 달에 한 번 만나기도 어려웠다. 부모님이 형제간 우애를 몹시 중시하셔서 하루에 한 번 전화 안부라도 주고받도록 가르친 것도 아니었다. 그러니까 안부 인사 할 새도 없이 살아가는 식구들 사이에서 현재는 막내가 호구 노릇을 하고 있다.

일찌감치 돈 버는 일과는 담을 쌓고 산 아버지, 그 아버지를 대신하여 생활전선에 뛰어들었으나 규모 없이 살았던 엄마. 그 슬하에서 자란 자식들은 부모에 대한 반대급부였는지 생활력이 실로 대단했다. 셋 다 대학 때부터 스스로 용돈벌이를 했고 그 용돈이 월급으로 이어지는 세월 동안 잊을 만하면 한 번씩, 통장 한 귀퉁이가 아니라 중간 허리를 툭 부러뜨려, 부모에게 상납했다. '호구' 역할은 큰딸이 결혼을 하면서 바로 밑 남동생이 물려받았다. 그리고 곧이어 2대 호구마저 가정을 꾸린 뒤로는 막내에게 대물림되었다. 그러니까 지금 호구는 3대 호구인 것이다.

3대 호구는 결혼은 했지만 자식이 없다. 부부가 다 직장생활을 하는 데다 큰 지출 요소가 없어서 여유 있는 중산층으로 보이기 십상인 조건이다. 하지만 애초에 허약한 경제 토대에서는 조금이라도 모이면 나가고 모이면 나가는 상황이 이어지는 게 월급쟁이의 삶 아닌가. 남편 몰래 친정 일로 지출을 하는 게 보통 스트레스가 아니었다.

돈을 가져다 쓰는 사람들은 '가끔'이라고 착각하고 주는 사람은 '자주'라고 느낀다. 가져다 쓰는 사람들은 '찔끔'인 것 같고 주는 사람은 '출혈'이다 보니 감정의 응어리가 따른다.

각설하고, 3대 호구는 중산층이 아니다. 그러나 식구들은 호구네가 중산층이라고 철석같이 믿고 있다. 그렇지 않다면 이토록 쉽게 호구 취급을 하진 않았을 거다.

병원에서 전화가 올 때도 있다. 급해서 진료를 받았는데 진료비가 없다고. 그런 경우는 그나마 생활고에 시달리는 어느 노부부의 서글픈 사연으로 생각해줄 수 있다. 김장철에 동네 아줌마들이 새우젓을 사러 광천에 간다는데 나는 돈이 없어 못 간다는 엄마의 푸념은 나름 귀여웠다. 그럴 땐 호구도 너그럽고 쿨하게 쏠 수 있다. 나는 자식이거늘, 부모의 자잘한 생활비쯤 드리는 거야 오히려 즐거움이지, 흐뭇하게 이해하기도 한다. 그러나 문제는 이런 문자가 드문드문 날아온다는 것이다.

> **** − 56 − 78900 ○○은행
> 여기로 30만 원만 보내줄래?
> 잠깐 빌려줄 데가 있어서. 낼모레 다시 돌려줄게.

하! 미안하다는 형식적인 말도 없다. 딸내미를 글로벌 호구로 만들자는 건가?

'뭐야! 내가 왜 엄마 아는 사람 돈까지 빌려줘야 하는데?'

욱, 하고 화가 올라오는 순간 진한 기시감이 느껴졌다. 지난달 오라비라는 놈이 보낸 문자를 휘리릭 찾아보았다.

> **** – 76 – 54321 ㅁㅁ은행
> 20만 원만 송금 부탁해. 설명은 나중.

그놈의 '설명은 나중'이라는 말에 정말 급한가 싶어 묻지도 따지지도 않고 돈부터 부치고 전화를 했다.

'어, 아는 사람이 돈 좀 빌려달라는데 내가 시간이 없어서 너한테 토스한 거야.'

아아! 나를 진짜 호구로 아는구나. 내가 ATM이냐?

긴 한숨과 함께 3대 호구는 식구라는 존재들과 연결된 최첨단 ATM기의 전원을 그만 탁, 꺼버리고 싶었다.

마치 엄마를 위하는 것처럼

청양고추 다져 넣은 동그랑땡, 갈비찜, 잡채, 두부조림, 고춧가루 안 넣은 콩나물무침, 감자볶음, 달걀옷 입힌 소시지 부침…….

잔치 음식이다. 잔칫날 맞다. 대한민국 어머니들에게 아들 오는 날은 잔칫날이다. 뭐, 요즘 젊은 엄마들은 좀 다르겠지만, 아직도 대다수 어머니들은 나가 사는 아들이 오는 날이 곧 명절이다.

아들 도착하는 시간에 맞춰, 너무 이르지도 너무 늦지도 않게 딱 맞춰 밥상을 내려고 종종걸음을 친다. 가만히 있어도 땀이 줄줄 흐르는 여름이라도 마찬가지. 봄, 여름, 가을, 겨울 어느 계절이라고 다르지 않다. '엄마 밥' 좋아하는 아들 식성에 맞는 음식을 한 가지라도 더 장만하느라 온종일, 때로는 며칠 전부터 바쁘다.

그 음식을 아들들은 맛나게 먹는다. 늙어가는 혹은 이미 늙은 어머니가 심혈을 기울여 만든 음식들을 아들이 맛있게 먹는다는 건 다행인 일이다. 고봉밥 두 그릇은 기본으로 비워내며, 역시 울 엄마 밥이 최고야, 만족에 겨운 찬탄을 쏟아내 어머니의 마음을 푸근하게 녹여준다. 맛있게 먹는 아들의 얼굴을 보는 것만으로도 어머니는 세상 다 가진 듯 흐뭇하다.

사실 어머니들은 딸이 와도 딸 식성에 맞는 음식을 차려낸다. 울 엄마 밥상은 딸들도 좋아한다. 타지 생활하며 삶이 고달플 때마다 떠오르는 음식이 엄마 밥상인 건 딸들도 마찬가지다. 다만 딸들은 나이 들수록, 가부장 중심 사회의 불합리한 이면을 자주 접할수록, 자랄 때 어머니가 하던 일들을 이제 본인이 하는 날들이 늘어날수록, 그 영혼의 밥을 마음 편히 먹지 못한다. 그래서 엄마 밥상 위에서 저절로 춤추는 젓가락질 사이사이에 짐짓 퉁명스러운 목소리로 타박을 하는 것이다.

"먹던 대로 먹지 뭐 하러 이런 건 또 만들었어요?"

"허리도 아프고 어깨도 아프다면서 또 장에 갔다 왔어요?"

아들은 그런 타박, 좀처럼 하지 않는다. 엄마한테 와서 엄마 밥상 받는 건 너무나 지당하고 당연한 일이다. 그 음식 만드느라 어머니가 얼마만큼 시간과 정성을 쏟았는지 그런 건 원래 모른다. 원래 모르는 일이니 새삼스럽게 걱정하거나 새삼스럽게 고마워할 수가 없다. 어머니는 원래 그런 일 하는 사람이고 앞으로도 계속 그런 일 할 사람인 거다. 밥도 뚝딱 반찬도 뚝딱, 그까짓 상 차리는 일 따위 어머니한테는 식은 죽 먹기보다 쉬운 일이다. 하루 세 끼 밥 차리고 빨래하고 청소하고, 그런 일을 날마다 당연하게 하는 사람이 바로 어머니다.

아들들은 웬만하면 물 한 그릇도 제 손으로 떠다 마실 일이 없다. 물, 하면 떠다 주고, 국 더 주세요, 하면 떠다 주고, 멀쩡한 쌈장 만들어 올렸는데도 그냥 된장은 없냐고 묻기만 하면 벌떡 일어나서 가져다준다.

젊디젊은 제 아내는 툭하면 손목 아파서, 감기 걸려서, 우울해서, 귀찮아서, 아이 돌보느라 힘들어서 못 하는 일도 어머니는 참 쉽게, 군말 없이 해준다. 그래서 제 아내에게는 감히 해달라고 할 엄두도 못 내는 것들을 어머니한테는 아무렇지도 않게 주문한다.

"밤 10시쯤 도착하니까 된장찌개 끓여주세요. 감자 넣은 생선조림도 먹고 싶네……."

평소 같으면 일찌감치 저녁 먹고 9시 뉴스 시작하기 전에 잠드는 어머니가 관절염으로 휜 다리로 뒤뚱뒤뚱 장독대에 나가서 된장을 푸고, 감자 씻어 깎고, 얼려둔 생선 꺼내서 녹이고, 쌀 씻어 안친다.

엄밀히 말하자면 어머니와 아들 사이 일이니 누가 왈가왈부할 게 아니다. 마른 논에 물 들어가는 소리와 자식 입에 밥 들어가는 소리가 가장 좋다는 말도 있다. 고달프게 사는 아들이 오랜만에 어미 품에 찾아와 맛나게 한 끼 먹는 모습이 어머니는 뿌듯하실 것이다. 보는 것만으로도 배가 부를 것이다.

아들 마음도 이해하려면 못 할 게 없다. 지금이 어느 때인데 집에서 이거 먹고 싶다, 저거 먹고 싶다 큰소리치겠나. 언감생심 반찬투정이 웬 말인가. 아침 거르기 일쑤일 테고 점심 밖에서 먹고 저녁밥도 일주일에 겨우 두어 번 집에서 먹을 거다.

사 먹는 밥은 갈수록 질리기 마련이다. 어쩔 수 없이 먹긴 하겠지만 그런 음식이 몸에 좋을 리 없겠지. 그럴 때 어머니 밥상은 어쩌면 구원이다. 치유다. 더구나 어머니는 자식 먹는 것만 봐도 좋다고 하신다. 얼마든지 해줄 테니 말만 하라고 하신다. 나 먹는 것만 봐도 어머니가 힘이 나신단다. 그러니 어쩌면 어머니 밥을 맛나게 먹는 건 나를 위한 게 아니라 어머니를 위한 것이다. 어머니 밥을 맛나게 먹는 게 효도다.

이 땅의 아들들, 그동안 엄청난 효도를 해왔다. 애썼다. 그만하면 넘치게 효도했다. 그러니 한 번쯤 눈물을 머금고 불효의 길을 걸어보는 건 어떨까. 딱 한 번만 눈 질끈 감고 본인이 어머니 밥상을 차려드리면 어떨까. 밥 안치고, 반찬 만들고, 국 끓이고, 상 차려서 어머니 드시는 모습 지켜보고, 설거지까지…….

엄두가 안 나는 불효일지 모르지만 해보면 별거 아닐지 누가 알겠나. 늙은 어머니도 쉽게 하는 일인데 까짓것 뭐. 얼마나 쉽고 하찮은 일이면 어느 여성 국회의원이 '밥하는 근로자'들을 향해 '그냥 동네 밥하는 아줌마'라고 했을까. 주둥어를 그냥 콱!

밥은 셀프

이왕 밥 얘기가 나왔으니 한 가지만 더.

이번에는 어머니가 집에 안 계시는 상황에서 주로 벌어지는 일이다. 그리고 멀리서 오랜만에 집에 들르는 경우가 아니라 한집에서 거의 같이 지내는 형제 또는 오누이 사이에 발생하는 일이다. 그날, 어머니는 오랜만에 동창 모임이나 계 모임 혹은 여행을 가셨을 것이다.

우리 어머니들이 어떤 분들인가. 아무리 집을 비워도 냉장고는 비우지 않는 분들이다. 아니, 집을 비우실 때 냉장고는 오히려 더 풍성하게 채운다. 손수 밥상을 차리지 못하는 날이니 반찬 한 가지라도 더 만들어놓고 나가야 그나마 덜 불안하다. 아무리 장성한 자식들이라고 해도 어머니 눈에는 시원찮은 존재들이니까.

문제는 어머니 안 계신 부엌에서 그 밥이며 국, 반찬들이 누군가의 입에 들어가기까지 많은 과정이 필요하다는 것이다. 다 만들어놓은 것일지라도 냉장고에서 꺼내 적당량을 덜고 밥상을 차리기까지 할 일은 많다. 가족 구성원 가운데 누군가 어머니처럼 자애로운 마음으로 기꺼이 그 일을 떠맡는 경우도 있겠지만, 그런 드물고도 아름다운 에피소드는 어차피 이 책의 제목과 주제에 맞지 않으므로 생략하겠다.

이제부터 펼쳐지는 이야기는 눈에 보이지는 않지만 걸핏하면 작동하는 갑을 관계에 대한 고찰이다. 집집마다 역학 관계가 다르니 갑은 언니, 오빠 아니면 형일 것이다. 또는 여동생이나 남동생일 수도. 아무튼 밥 먹는 일을 두고 벌어지는 갑질과 을의 울분은 대개 다음과 같은 양상으로 전개된다.

"뭐 먹을 때 안 됐냐?"

갑의 선전포고다. 단순한 질문이 아니다. 을에게는 그 말이 이렇게 들리니까.

밥 차려라!

하지만 을은 어머니가 아니다. 을이 왜 '을'이겠나. 늘 당하는 쪽이고 피해 보는 쪽이니까. 을의 마음에는 갑이 뿜어내는 특정 주파수에 민감하게 반응하는 울분과 억울함이 쌓여 있게 마련이다. 차라리 길 가는 사람을 불러 밥을 대접할지언정 갑 입에 들어갈 음식 차려주고 싶은 생각은 추호도 없다. 다만 대놓고 대꾸는 못한다. 을이 왜 을이겠나. 약자니까. 이럴 때는 그저 못 들은 척하는 게 낫다.

"라면이나 먹을까?(=안 들리냐? 밥 차리라고!)"

언제까지나 못 들은 척할 수 없다.

"나는 배 안 고픈데……. 먼저 먹어."

갑이 힐끗 쳐다보며 말한다.

"아니, 이따 같이 먹지 뭐. 점심때 다 됐네.(=밥 차리라니까!)"

이럴 땐 자리를 피하는 게 상책이다. 을은 불편한 마음을 억누르며 제 방으로 들어간다. 그리고 뭔가 바삐 해야 할 일이 있는 것처럼 컴퓨터를 켠다. 잠자코 있을 갑이 아니다. 물 한 잔 들고 따라 들어온다. 괜히 방 안을 서성서성 오가며 한 마디씩 툭툭 던진다.

"그냥 간단하게 비벼 먹을까? 엄마가 반찬 만들어놨잖아. 프라이만 한 개 해갖고 비벼 먹는 것도 괜찮을 것 같은데.(=네가 밥 안 차리니까 내가 피곤하잖아. 빨리 차려라!)"

이때쯤이면 을의 머릿속에서는 튀어나오지 못해서 들끓는 언어들이 벌떼처럼 윙윙거린다.

'라면이든 비빔밥이든 배고프면 네가 차려 먹어! 배고프다면서 왜 참는데? 왜 내 옆을 빙빙 돌면서 징징거리는데? 나 먹을 때까지 참을 거면 눈에 안 보이는 데서 얌전히 기다리든지 왜 옆에서 얼쩡거려. 사람 불편하게!'

때로는 이런 말들이 저도 모르게 입 밖으로 튀어나오기도 한다.

"먼저 먹으라고!"

그럴 때 갑은 두 가지 반응을 보인다.

첫째, 성미가 급하고 성깔이 있는 사람이라면 자리를 박차고 나가서 그토록 하기 싫은 밥 차리기를 마침내 스스로 한다. 쿵쾅쿵쾅, 밥상을 차리는지 내던지는지 헷갈릴 정도로 요란하고 시끄럽게. 내가 지금 왜 내 손으로 밥을 차려야 한단 말인가, 분을 못 이기는 얼굴로 차린다. 그리고 먹는다. 무슨 생전 못 당할 짓을 당했다는 듯한 표정으로 우걱우걱 먹는다. 밥 안 차려준 을이 무슨 큰 범죄나 저지른 듯 괜한 죄책감이 들 때까지 온갖 불편한 표시를 다 해가며 먹는다.

'지 배고파서 지 손으로 차려 먹고, 지 배부를 일인데 도대체 왜 나한테 신경질이야.'

을이 속으로 투덜거린다. 입 밖으로 냈다가는 밥상이 날아갈지도 모를 일이므로 속으로만.

둘째, 을이 뭐라고 하든 아랑곳없이 능글거리는 부류가 있다.

"같이 먹어야지. 하던 일 얼른 해라. 너 일 끝날 때까지 기다릴게.(=빨리 밥 주라. 허기져서 쓰러지겠다!)"

을이 밥을 차리기 전까지는 끝나지 않을 싸움이다. 갑의 그 독특한 마인드로는 허기져서 고꾸라질망정 손수 밥을 차리다니, 경천동지할 일인 것이다. 구경하는 사람 입장에서는 절로 혀 차는 소리가 나온다.

쯧쯧, 그렇게 배가 고프다면서 참는 게 더 용하다. 밥 차리라고 졸졸 따라다닐 시간에 진작 제 손으로 차려 먹었으면 지금쯤 소화되고도 남았겠다. 냉장고 문만 열면 가득 들어 있는 반찬 하나 꺼내 먹을 줄 모르는 저런 인간들이 꼭 밖에 나가서 자랑스럽게 하는 진부한 말이 있더라.

내가 라면은 끝내주게 끓인다!

에고, 라면은 초등학생도 끓인다.

여전히 호구는 호구 짓 하며 산다. 그럼에도 불구하고 가족은 건드
리는 거 아니라고 생각한다. 가족이니까. 다만, 이제 호구는 가끔
잠수를 탄다. 가족들은 잠시 당황했지만 곧 그러려니 했다.
가족이니까.

호구들아!

비행기 타면 알려주는 비상시 행동요령. 산소마스크를 써야 할 때 아이를 데리고 탄 엄마는 본인 먼저 착용하고 나서 아이를 챙겨라. 지당하다. 엄마가 안전해야 아이를 챙길 수 있다. 호구에게도 적용되는 요령이다. 나부터 살고 가족을 챙겨라. 내가 희생하지 않으면 가족이 불편하고 불행해질지도 모른다는 불안은 착각이다.

내가 행복해야 가족도 행복하다. 상황이 안 되면 집에 꼭 안 가도 되고, 기분 별로일 때 오는 전화는 안 받아도 된다. 대개는 정말 아무 일 없다.

4장 부부

가족보다 가깝고
남보다 먼

금쪽같은 네 타이밍

사람이 다른 사람과 한 공간에서 함께, 오랜 시간 지속적으로 지내다 보면 반드시 싸우게 된다. 친구든, 가족이든, 부부든(혹시, 예수님이나 부처님 급 인격자가 섞인 경우라면 제외). 관계 속에서 일어나는 다툼과 갈등의 원인을 유심히 고찰해본 사람이라면 어느 순간 유레카를 외치듯 내뱉게 되는 한 마디가 있다. 타이밍!

살면서 갖는 기본 욕구는 비슷하다. 욕구를 채우기 위한 조건들도 다 비슷하다. 밥을 먹자면 누군가는 밥을 차리고 치워야 한다. 똥을 싸려면 누군가가 화장실에 화장지가 떨어지지 않도록 살피고 휴지통이 차면 비워야 한다. 변기 솔로 변기를 싹싹 닦아주는 것도 기본이다. 깨끗한 옷을 입으려면 빨래를 세탁기에 넣고 돌리고 꺼내 널고 걷고 개키고 서랍에 차곡차곡 넣어야 한다.

혼자 살면 그런 실행에 갈등이 있을 리 없다. 하고 싶으면 하고 안 하고 싶으면 안 하면 되니까. 안 해도, 못 해도 원망할 상대가 없으니까. 본인이 책임지면 되니까.

부모 형제와 함께 지내는 공간에서는 약간의 마찰이 끊임없이 빚어지지만 큰 문제는 아니다. 이미 역할이 정해져 있기 마련이고, 네가 해라 내가 안 한다 서로 미루기도 하지만 그것이 사네 못 사네, 하는 갈등까지 이어지지는 않는다.

일상의 욕구 때문에 가장 큰 문제가 발생하는 관계는 십중팔구 부부다. 특히 신혼부부. 전혀 다른 환경에서 살던 둘이 함께 살기 시작하면 예전에 한 번도 의문을 갖지 않았던 일들이 큰 문제가 된다.

밥은 언제 먹어야 하는가? 배고플 때? 끼니때가 돌아오면?

누가 차리고 누가 치워야 하나? 설거지는 또 누가 해야 하나?

빨래는 언제 돌려야 하는가? 화장실 청소는? 언제, 누가?

화장실 휴지가 떨어진 건 누구 잘못이지? 늘 하던 사람이 미처 못 챙겼으니 미안해해야 하나? 당연히 있는 줄 알고 신경도 안 쓰던 사람이 짜증을 내야 하나? ……

그게 무슨 싸울 일이냐고 누군가는 물을 것이다. 싸울 게 아니라 성숙한 인간답게 대화와 타협으로 해결해야 할 일이라고 말할 것이다. 그렇지만 현실은 다르다. 겪어본 사람은 알겠지만 대화와 타협의 주제치고는 너무 치졸해서 입에 올리기 민망하다(사실 이런 치졸한 주제로 대화와 타협을 시도하는 게 공동생활을 유지하는 훨씬 현명한 방법일 것 같지만). 그래서 입 밖에 내지 않은 채 속만 부글부글 끓이다가 굉장히 고상한(?) 주제로 싸울 때 마침 생각났다는 듯이 터뜨리기도 한다.

아무튼, 소소한 문제가 쌓이고 쌓여 큰 싸움이 되는 과정에 '타이밍'의 문제가 자리한다. 내 타이밍과 네 타이밍이 교묘히 빗나가는 그 지점. 그러니까 나는 배 안 고픈데 너는 배고프다고 칭얼거리고, 나는 마음 바쁜데 너는 느긋하게 휴대폰 들여다보며 부아를 돋우고, 늘 하던 일이지만 오늘은 피곤해서 네가 대신해줬으면 싶은데 너는 한술 더 떠서 앓아누울 듯이 엄살을 피우는…….

결혼 후 상대가 가장 많이 변했다고 생각하는 순간이 언제인가. 가만가만 곱씹어보라. 상대가 더 이상 내게 맞추려 하지 않는 그 순간이기 십상이다. 연애 시절 날씨와 상관없이 우산과 모자를 세심하게 준비했던 그는 이제 없다. 음식점에서 메뉴판을 통째로 넘겨주던 그는 변했다.

이제는 나의 식욕과 상관없이 본인 배고픔이 우선이고 욕실이 아무리 지저분해도 치울 생각 같은 건 없는 그가 있다. 오히려 샤워하다 내 머리카락이 수챗구멍에 엉킨 걸 발견하고는 치우지도 않을 거면서 잔소리를 늘어놓는 그가 존재한다. 그동안 묵묵히 욕실 청소하고 변기 닦으면서도 생색내지 않았던 나는 대체 왜 그랬던가, 벼락같은 후회가 목덜미를 때린다. 외출을 앞두고, 내가 아무리 급해도 제 할 일 다 해가며 늑장을 부려놓고 제 볼일로 나갈 때는 내가 아이를 챙기건 설거지를 하건 아랑곳없이 재촉을 해댄다.

타이밍과 타이밍의 어긋남. 나 쉬고 싶을 때 너도 말없이 쉬고 싶으면 얼마나 좋을까. 하필이면 그때 같이 나가서 운동하자고 다그치지 말고. 나 밥하기 싫을 때 너도 마침 외식하고 싶으면 얼마나 좋을까. 하필이면 그날따라 집에서 끓인 수제비 먹고 싶다고 징징대지 말고.

하긴 타이밍이 딱딱 맞아떨어지는 관계가 얼마나 될까. 내가 너 아니고 네가 나 아닌데 말이다. 내 속도 모르는데 네 속을 어찌 알까 말이다. 다만 네 타이밍이 나한테는 아닐 수 있다는 사실만 인정해도 다툴 일은 줄어들 거다.

결혼생활은 서로 맞춰가는 과정이라고? 웃기고 ~~자빠졌네~~ 그건 아닌 것 같다. 결혼생활은 어느 한쪽, 상대를 더 사랑한다고 믿는 쪽이거나 기가 약한 쪽이 더 이기적인 쪽으로 끌려가는 과정이라 정의하는 게 더 정확하지 않을까. 그다지 큰소리 안 나는 것처럼 보이는 부부를 살펴보라. 분명 한쪽이 상대의 배고픔에, 상대의 찜찜함에, 상대의 움직임에 자신의 타이밍을 들먹이지 않고 ~~순종하~~ 는 따르는 삶을 살고 있을 거다. 아, 서로가 서로에게 맞추며 사는 이상적인 결혼생활도 물론 있을 거다, 아주 드물지만.

사람은 누구나 자신이 움직이기 적당한 순간이 있다. 다른 누구의 판단이 아니라 내가 그 일을 해야겠다고 생각하는 순간 말이다. 그런 순간이 가로막히면 너나없이 답답하고 짜증 난다. 내 의지와 욕구를 내려놓고 상대의 욕구에 맞추는 일이 쉽지 않다는 소리다. 무지하게 에너지가 쓰이는 일이라는 소리다.

사사롭고 잡다한 일들을 두고 타이밍이 맞지 않아 싸우게 되는 상황을 바꿀 수는 없을까? 아주 없지는 않다. 둘 다 성격이 무난하다면 그러거나 말거나 서로 신경 안 쓰고 사는 길이 있다. 화장실이 지저분하고 냄새나면 어떤가. 하루에 대여섯 번만 참으면 되지. 옷, 자주 빨지 않고 대충 던져놓았다가 다시 찾아 입으면 된다. 아쉬우면 자기 옷은 자기가 알아서 어떻게든 하겠지. 설거지야 뭐 쌓아두었다가 필요한 그릇만 하나씩 헹궈서 쓴다 해도 별문제 될 건 없다. 다만 그 모든 걸 견딜 배짱과 내공만 있다면.

돈 아끼지 않고 쓰는 것도 하나의 방법이다. 밥, 사 먹으면 되고 화장지, 한꺼번에 몽땅 사서 화장실에 쌓아두면 된다. 옷은 빨래방에 맡기면 된다. 화장실을 비롯한 청소는, 쓰는 김에 더 써서 도우미 부르면 된다.

한마디로 기꺼이 불편함을 참거나 돈이 많으면 큰 문제는 발생하지 않는다. 문제는 깨끗함과 편리함을 바라면서도 돈이 충분치 않거나 너무 기본적인 일에 돈을 쓴다는 죄책감을 느낄 때 발생한다. 대다수가 이 범위 안에 들어간다는 게 또 큰 문제다.

하물며 도우미라니. 웬만하면 자신을 중심으로 맞춰주는 일에 익숙한 사람들일수록 그 '일 같지도 않은 일'을 위해 돈을 줘가면서 사람을 쓰는 걸 용납하지 않는다. 일 같지도 않은 일을 해본 적이 없어서 그게 얼마나 '대단한 일'인지 모르는 사람들 말이다. 평생을 그렇게 살아왔고 앞으로도 그렇게 살고 싶은 사람들의 버르장머리를 이제 와서 탓하면 무슨 소용이 있나. 그런 줄 모르고 사랑한다고 믿었던 자신을 탓해야지.

그러니 평화롭고 고요한 관계를 바란다면 상대의 금쪽같은 타이밍에 맞춰주면서 내 타이밍 같은 건 희생시키고 살아라. 아니면 죽어도 못 참겠는 순간에 한 번씩 울화통을 터뜨리는 수밖에. 어~~런 개떡 같으니라고~~! 어차피 나와 너의 타이밍이 조화롭게 맞아떨어지는 경우는 바닷가를 거닐다가 우연히 용연향 덩어리를 발견하는 행운만큼이나 요원한 일이니까.

내가 네 엄마냐

기혼 여성에게 결혼을 하고 나서야 알게 된 것이 무엇이냐고 물으면 이렇게 대답하는 경우가 많다. 세상에 별놈 남자 없다는 진리를 알았다고. 아무리 고르고 골라봐야 살아보면 거기서 거기라는 소리다.

그렇게 한꺼번에 싸잡히는 게 억울하고 분통 터지는 남성이 어딘가에 있을 것이다. 그 마음 충분히 이해한다. 세상에는 능력 있고 자상하고 인격 고매한 남성들도 있다는 걸 인정한다. 아내와 자식을 위한 일이라면 목숨이라도 내놓는 헌신적인 남성들도 분명히 있다. 그들 입장에선 할 말이 많겠지만 어쩔 수 없다. 현재 이 나라 남성의 전부가 아니라, 압도적인 '대다수'가 보여주는 행태를 이야기하려는 것이니 이해하시라.

결혼을 하고 눈을 덮었던 콩깍지가 벗겨지고 나면 예상치 않았던 신세계와 맞닥뜨리게 된다. 남자, 여자를 막론하고 그렇다. 먼저 남자들이 만나는 신세계. 아무리 이른 아침이라도 피곤한 기색

없이 곱게 화장하고 칠첩반상을 차려야 할 아내가 보이지 않는다. 남편이 신경 쓸 일 없이 집안일을 척척 해내는 아내가 없다. 뛰어난 능력으로 사회생활을 해내면서도 한없이 자기를 낮추고 남편이 원하는 일에 기꺼이 자기희생을 감내하는 아내가 안 보인다.

이번엔 여자들이 만나는 신세계다. 연애할 때 탐색할 만큼 했다고 믿었는데 이상하다. 하루아침에 완전히 달라진 남자를 만난다. 결혼 전에는 감히 입에 올리지도 못하던 것들을 거침없이 요구하는 남자가 있다. 그것도 늘 그래왔던 것처럼 천연덕스럽게.

출근시간, 분주하기로 따지면 여자 쪽이 더하기 마련이다. 챙길 것 많고 꾸미는 과정도 복잡하다. 그 와중에 아무리 바빠도 아침을 거를 수는 없다. 뭐라도 먹어야 한다. 커피를 내리거나 빵을 굽는 일은 어느새 아내 몫으로 정리됐다. 그럼 치우는 건? 내가 차렸으니 당신이 치우는 게 어떠냐는 말 앞에 몹시 억울한 표정을 한 남자의 얼굴만 어른거린다.

"나중에 치우자."

나중에 치우자던 그 사람, 퇴근 후에는? 아내가 먼저 들어오는 경우는 당연히 먼저 들어온 사람이 치워야 하지 않겠느냐고 한다. 혹 아내보다 먼저 들어온 날에는? 고된 하루 노동이 선사한 피로감을 호소하며 소파에 엎어진다.

집안일은 하지 않으면 쌓인다. 먹고살기 위해서는 일정한 노동을 끝없이 되풀이해야 한다. 건강하고 맛 좋은 밥상을 차리려면 그에 상응하는 노력이 필요하다. 콩나물은 원래 무쳐진 채 나오는 게 아니다. 생선은 저 알아서 불판에 올라가고, 때 되면 저 알아서 돌아누울 것 같나? 생선구이를 먹으려면 먼저 깨끗이 씻어 다듬고 소금 간을 해놓아야 한다. 가장 기본인 밥도 쌀을 퍼서 씻고 안쳐야 한다.

하나도 거저 되는 일이 없다. 늘 누군가의 노력과 정성으로 굴러가는 일이다. 문제는 그 과정을 제대로 본 적도, 직접 해본 적도 없는 남자들이 덜컥 결혼을 한다는 것이다. 그저 퇴근하면 앞치마 곱게 두른 아내가 식탁 가득 음식을 차려놓고 웃는 얼굴로 남편을 기다리는 드라마 같은 장면만 상상하면서.

그런 부류의 남자들은 집 안의 질서를 유지해주는 일들이 모두 저절로 이루어진다고 착각한다. 빨래는 벗어놓기만 하면 깨끗해지는 줄 안다. 서랍에 차곡차곡 정리된 옷가지들이 어떤 과정을 거쳐 그렇게 각을 잡고 있는지 생각해본 적이 없다. 먼지는 원래 집 안에는 못 들어오는 줄 안다.

그랬다가 결혼과 함께 그 모든 풍경이 하나부터 열까지 사람 손으로 빚어진다는 걸 알고 적잖이 놀란다. 게다가 이제 그런 일을 일부라도 몸소 하지 않으면 원만한 결혼생활을 유지하기 힘들다는 진실을 목도하고는 그만 당황하고 만다.

사실 제대로 정신을 다잡으면 그리 놀라고 당황할 일은 아니다. 지금까지는 몰랐지만 이제 나도 이 일을 해야 되겠구나, 하고 편하게 받아들이면 된다. 세탁기에 들어간 빨래는 늦지 않게 꺼내서 널어줘야 마르고, 마르면 걷어서 개켜야 한다는 걸 배우면 된다. 그 단순한 진리를 받아들이고 한 가지 작업에라도 참여하면 되는 것이다.

그런데 대개는 받아들이려 하지 않고 엉뚱한 감회에 젖는다. 본인이 노력하지 않으면 빨래가 쌓이고 방치되어 입을 옷이 없어지고 개수대에 설거지할 그릇들이 산처럼 쌓이고 거실을 몇 발자국 걸었을 뿐인데 발바닥이 새까매지는 현실 앞에서 어이없는 그리움에 빠지는 것이다.

엄……마…….

연애할 때는 눈곱만치도 생각나지 않던 어머니 얼굴이 풍선처럼 두둥실 떠오른다. 잔소리는 좀 했어도 버티기만 하면 언제나 알아서 해결해주던 사람, 행여 하는 척하려 하면 시원찮다며 그냥 공부나 하라고 떠밀던 호탕한 사람, 아아 변치 않을 천사, 엄마. 갑자기 엄마가 사무치도록 그립다. 동시에 부당하기 짝이 없는 요구를 거침없이 해대는 배우자가 밉다.

그게 뭐 그리 힘든 일이라고! 옛날 엄마들은 그보다 천 배는 더 힘든 일을 하고 살아도 아무 소리 안 했는데!

그러나 죽을힘을 다해 입 닥쳐야 한다. 제아무리 무지한 남자라도 실낱같은 눈치가 있어야 한다. 이 공간은 엄마가 지켜주는 보금자리가 아니라는 걸 깨달아야 한다. 빼도 박도 못하는 그 사실에 후드득 몸서리를 치며 그저 무기력하게 소파에 몸을 묻어보는 대신 내가 할 일이 무엇인가 생각해봐야 한다.

너는 여행 나는 고행
- 가족여행 버전 -

사막이 아름다운 게 오아시스 덕분이라면 여름을 견디게 하는 힘은 휴가다. 출퇴근길이 후덥지근하게 느껴지기 시작하면서 아내는 남편과 휴가 날짜 맞추는 일에 돌입했다. 날짜 맞추기는 실질적인 휴가의 시작이라고 할 과정이었다.

결혼 전 아내는 여행을 좋아해서 틈만 나면 배낭을 둘러멨다. 반면에 남편은 여행이란 걸 스스로 원해서 떠나본 일이 단 한 번도 없는 사람이었다. 어쩌면 이렇게 다른 사람들끼리 부부로 만날까, 생각해보면 조물주의 중매 능력이 새삼 존경스럽다. 맞지 않은 걸 맞춰가는 게 부부라는 뜻이겠지.

아무튼 가고 싶은 여행지를 정하고, 교통수단을 알아보고, 먹거리와 잘 곳을 고민하는 일들이 아내는 전혀 귀찮지 않다. 귀찮기는커녕 설렌다. 여행을 즐기는 사람이라면 이해할 터다. 그마저도 여행의 일부라는 걸 말이다.

겨우겨우 둘의 사흘 휴가 날짜를 맞췄다. 어쩌면 가장 까다로운 고비를 넘긴 셈. 이제 여행지를 선정할 순서다.

까똑.

가족, 그러니까 시댁 쪽 단톡방에 메시지가 떴다.

△월 △일 강릉 ○○펜션 독채 예약 완료.

남편의 여동생, 시누이가 올린 메시지. 순간 남편의 눈빛이 반짝 빛나는 걸 아내는 보았다. 그의 속마음이 중얼거리는 소리도 귓가에 들려왔다.

'예스. 휴가는 이걸로 때우면 되겠다. 숙소 정해졌으니까 거기서 쉬다 오면 되겠네. 삼시 세끼 잘 얻어먹으면서 말이지.'

그러나 아내는 절레절레 고개를 흔들었다. 절대로, 이번만큼은 수락할 수 없었다. 남편과 함께 떠나는 휴가를 포기하거나 차라리 휴가를 반납하는 편이 나을 거라고 생각했다.

결혼하고 이제 3년째, 그동안 작년 여름과 겨울 두 번의 가족여행을 다녀왔다. 두 번 다 시댁 식구들과. 두 아이가 있는 큰아들 부부와, 신혼인 둘째 아들 부부, 비혼인 시누이 그리고 시어른들이 구성원이었다. 서로 편안하고 화목하지 못할 까닭이 없는 없어 보이는 관계라고 할 수 있다. 아직 남편을 제외한 식구들이 낯설고 어색한 신혼의 아내만 제외하면.

두 번의 여행을 함께 간 건 아내로서는 크게 마음을 낸 일이었다. 여행을 기회로 시댁 식구들과 더 빨리 정이 들 거라는 기대가 있었다. 평생 함께할 사이인데 낯가리는 시기를 줄이고 싶었다. 그렇게 아직은 의무감이 더 컸지만 흔쾌히 따라나선 여행이었다.

아직 아이가 없는 신혼의 아내는 시댁 가족과 여행을 다녀오면서 한 가지 사실을 새로 알았다. 아이를 동행한 휴가지의 한계. 그러니까 아이가 하나라도 있으면 갈 수 있는 여행지가 딱 정해져 있다는 소리다. 여름에는 수심 낮은 계곡이 있는 펜션이나 워터파크. 겨울에는 눈썰매를 탈 수 있는 곳 정도.

한때 이 나라의 모든 생활의 중심과 기준은 '남자 어른'이었다. 밥상 앞에서는 그 어른이 수저를 들어야 온 식구가 밥을 먹기 시작했다. 어른이 좋다고 하면 따르고 어른이 내켜 하지 않으면 아무리 좋은 일도 실행하지 않았다. 어른 주무실 시간에 불이 꺼지고, 어른 입맛에 맞는 반찬을 사러 시장에 나갔다.

그런데 모두 알다시피 이제 그 권력은 이동했다, 아이들에게로. 아이들은 이제 그때의 아이들이 아니다. 어른이 먼저 드시고 남긴 맛있는 음식을 눈치 보며 맛보는 처지가 아니다. 어른 주무시는데 시끄럽게 굴다가 호되게 야단맞던 아이들은 이제 다 늙어간다. 어른이 들어오시면 누워 있다가도 벌떡 일어나 공손히 인사하던 아이들은 이제 없다.

이제 이 나라에서 아이들은 모든 것의 중심이다. 맛 좋은 음식은 오로지 아이들을 먹이기 위해 사고, 아이 공부 시간엔 온 식구가 숨을 죽인다. 노인이 꾸벅꾸벅 피곤에 겨워 졸고 앉아 있으면 아무도 신경 쓰지 않지만 아이가 그러면 무슨 큰일이라도 난 것처럼 이부자리 깔고 고이 누인다.

여행이라고 다를까. 아이가 상전인 시대를 아직 제대로 겪지 못했던 신혼의 아내는 작년 여름 워터파크에서 햇볕에 타죽고 사람에 갈려죽을 뻔했다. 그곳은 멀쩡한 어른들이 고단한 시간을 보상받을 휴가지가 아니었다. 오로지 아이들의 아이들에 의한 아이들을 위한 공간이었다. 두 아이가 물놀이하고, 간식 먹고, 게임하고, 또 물놀이하고, 잠깐 자고, 또 먹고 하는 행위에 일곱 어른이 손발을 맞췄다.

2박 3일 콘도에 머무는 동안 점심을 제외한 아침과 저녁을 직접 지어 먹었다. 밥때마다 명절 밥상이 재현됐다. 간단한 불고기, 더 간단한 김치찌개가 올랐다. 아이스박스 두 개에 꽉꽉 채워 가져온 밑반찬을 곁들여서 빈틈을 메웠다. 오랜만에 아들들 입맛을 맞춰주고 싶은 시어머니는 된장찌개에 갖가지 볶음밥을 시도했다. 콘도 주방이 갖춘 그릇이 몇 개 안 되니 두 며느리는 쉴 새 없이 설거지를 해야 했다.

마침내 아이들이 잠들고 어른들의 시간. 가족여행이라는 콘셉트에 맞게 안주 서너 가지를 갖춘 상을 옹기종기 둘러싸고 앉아 맥주를 마셨다. 딱히 주제가 없는, 아니 공통의 주제를 갖기 힘든 술상 앞에서 이따금 연결이 끊기는 대화를 이어갔다.

"피곤할 텐데 이제 그만 쉬어라. 내일 아침에는 일찍 일어날 생각 말고, 휴가 왔으니까 실컷 자거라."

일하는 아들, 며느리의 피로를 눈치챈 시어머니의 말씀과 함께 휴가 첫날 공식 행사가 끝났다. 일찍 일어날 필요 없다는 시어머니의 말씀은 진심이었다.

신혼부부는 콘도에 딸린 방 두 개 중 하나를 차지했다. 다른 방은 큰아들 가족, 거실은 시부모님과 시누이. 어른들이 밖에 계시니 방문을 살짝 열어놓은 채로 등을 대고 누우며 아내는 고단한 한숨을 내쉬었다. 결혼하고 첫 휴가를 기다리던 때만 해도 이런 그림은 머릿속에 없었다.

자유로운 배낭여행을 즐겼던 아내는 휴가지에서 누리는 특권으로 '노터치'를 꼽았다. 간섭하지도 간섭받지도 않는 시간. 늦잠과 브런치. 느린 산책과 시원한 맥주. 그리고 여행지라는 핑계로 용기를 낸 다소 성대한 저녁 외식. 어리석게도, 가족여행도 그와 크게 다르지 않을 거라는 착각을 했다. 가족이 다 함께 떠나는 여행이지만 따로 또 같이, 여유와 공유가 절묘하게 어우러지는 시간일 거라고 기대했다.

어쩌랴, 이상은 사라지고 현실만 남았으니. 출근보다 더 피곤한 여행 첫날을 마무리하며 아내는 잠을 청했다. 열어놓은 문틈으로 시부모님이 시청하는 텔레비전 방송 소리가 들려왔다.

다시 말하지만 걱정 말고 늦잠 자라는 시어머니의 배려는 진심이었다. 다만 늦잠을 누리기 힘든 환경이 문제일 뿐. 이른 아침부터 아이들 떠드는 소리가 났다. 애들 엄마가 조용히 좀 하라고 아이들 닦달하는 소리가 들렸다. 화장실 문 여닫는 소리가 연달아 났다. 재미있게 놀려면 밥을 든든히 먹어야 한다며 재게 움직이는 시어머니의 기척도 느껴졌다. 그 소리들을 들으며 30분을 버티기란 여간 힘든 일이 아니었다.

나가 보니 거실은 벌써 명절 풍경이었다. 상 차리느라 바쁜 동서와 밥 기다리며 무기력하게 텔레비전 앞에 늘어진 남자들. 다소 늦었지만 잽싸게 밥상 차리는 일에 동참하면서 신혼의 아내는 자꾸만 명치에 뭔가 걸리는 느낌이었다.

서둘러 밥 먹고 치우고 출근하듯 워터파크로 나갔다. 일찍 가서 좋은 자리 잡겠다고 부산을 떨었지만 워터파크는 벌써 붐볐다. 마음 같아서는 물에도 들어가기 싫었다. 다시 방에 올라가 낮잠이나 자고 싶은 마음이 간절했지만 가족여행 아닌가. 가족여행은 어디든 가족이 함께 다니는 여행이라는 걸 하루 사이에 간파한 터였다.

그렇게 멀쩡한 물을 두고 찌는 듯한 더위에 시달린 낮이 지나갔다. 그 사이 아이들 간식을 챙겨 먹였고 다 같이 식당에 가서 점심을 먹었다. 해가 지기 직전, 입술이 파랗게 변한 아이들을 데리고 마침내 콘도로 철수했다. 욕실은 두 개. 씻을 사람은 아홉. 순서는 당연히 아이들 먼저. 그리고 시어른들.

그 사이 며느리들은 저녁 대신 간단히 구워 먹기로 한 고기를 위한 상을 차렸다. 벌써 아이스박스 두 개 중 하나가 비었다. 그렇지만 나머지 하나와 냉장고에 먹을거리는 차고도 넘쳤다. 세상의 모든 채소를 씻는 것 같은 시간이 지나고 남자들이 고기를 구웠다. 연기 안 나는 최첨단 전기 프라이팬을 썼건만 방안 곳곳으로 기름내가 번졌다. 그렇게 길고 긴 저녁시간이 지나고 다시 어른들의 정겹고도 고단한 술 타임.

다음 날 아침 풍경도 전날과 같았다. 2박 3일간 상을 차리고 치우고 술을 마시고 치우고 어딘가로 우르르 몰려갔다가 우르르 돌아오는 일정이 끝나는가, 싶은 순간.

"그냥 물에서만 놀다 가는 건 아닌 것 같아. 마지막으로 근처에 있는 유적지에 들렀다 가자."

유적지에 들러서 아이들에게 현장감 있는 역사교육을 시키고 싶은 마음이겠지. 가족여행이니까 다 같이 가야지. 그렇게 유적지에 들렀다가 냉면 한 그릇씩 하고 헤어졌다. 휴가 마지막 날 밤이 이슥해진 시각이었다.

그와 흡사한 시간을 겨울 스키장에서도 보냈다. 여름과 겨울이니 날씨가 달랐고, 물이었던 게 눈이 되었다는 것만 달랐지 다른 건 다 똑같았다. 그 두 번의 여행을 하고 신혼의 아내는 결심했다. 시댁 가족여행은 두 번 다시 가지 않겠노라고. 그렇게 다 같이 모이는 건 일 년에 두 번, 명절이면 충분하다고 생각했다. 명절에 만나는 구성원들이 모이면 명절처럼 지내게 된다는 사실을 충분히 깨달았다. 혹, 부모님이 마음에 걸리면 따로 찾아뵙는 편이 현명한 방법이라고 결론 내렸다.

여동생의 일방적인 펜션 예약 문자에 흔들리는 남편의 마음은 더 이상 고려할 게 아니었다. 남편이야 불편할 게 하나도 없는 여행일 테니. 평생 같이 살아온 식구들, 가만히 있으면 차려지는 밥상, 엄마 밥…… 거기다 함께 시간을 보내는 것만으로도 큰 효도를 하는 것 같은 만족감.

그렇지만 아내의 마음은 단호했다. 달이면 달마다 있는 휴가가 아니다. 일 년에 딱 한 번, 이때가 아니면 쉴 수 없는 처지다. 휴가만큼은 누구의 간섭도 받지 않고 눈치 보지 않고 긴장하지 않고 그저 쉬고 싶다. 이런 상황과 마음을 세심하게 살피지 못하는 남편을 탓할 생각도 없다. 작년과 똑같은 선택의 순간에 가만히 혼자 마음을 다질 뿐.

휴가는 휴가답게. 남편과 따로 가더라도 기필코, 반드시 휴가는 휴가답게.

반찬투정은 안 하지

지금은 텔레비전 드라마에서 사라지다시피 한 장면이 있다. 식구 사이 갈등을 다루는 상황에서 주로 등장했던 장면이다. 집안 어른 (주로 아버지)이 불같이 화를 내며, 마침 식구들과 둘러앉아 있던 밥상을 냅다 엎어버리는 장면. 세상에 그런 일이, 하고 믿지 않을 사람도 있겠지만 실은 꽤 오랫동안 화면을 장식한 클리셰였다. 그러니까 텔레비전뿐만 아니라 현실에서도 꽤 자주 일어나는 일이었다.

이제는 드라마에서 그 장면은 거의 사라지다시피 했다. 현실에서도 웬만해서는 벌어지지 않는 풍경이라는 뜻이다. 다행스러운 일이다. 실제로 그런 일을 겪지 않은 사람은 밥상을 엎는다는 걸 과장된 만화나 시트콤의 한 장면으로 상상할지도 모르겠다. 그런데 단 한 번이라도 그 일을 직접 당해본 사람은 안다. 밥상이 엎어진다는 게 얼마나 끔찍한 일인지.

눈앞에서 밥상이 날아가는 모습을 속수무책으로 바라봐야 하는 마음, 놀라서 내려앉은 그 마음은 차치하고 살펴보자. 반찬 접시를 비롯한 그릇들이 깨지고, 엎어져서 다리가 기운 상을 따라 온갖 반찬 국물과 건더기가 흘러내린다. 배고픈 아이들이 기다리던 꿀 같은 음식이 순식간에 쓰레기로 변한 거다. 조각조각 깨진 사기그릇 파편이 뒤섞여서 회생은 꿈도 꾸지 못한다.

참으로 어처구니없는 건, 그 심란한 상태를 정리하는 사람이 바로 밥상을 차린 사람이라는 거다. 정작 밥상을 뒤엎은 사람은 무슨 대단한 벼슬이라도 한 것처럼 식식거리기만 할 뿐, 그런 큰일을 저지르고도 치울 생각이 없다. 자신의 화는 몹시도 당당해서 밥상을 뒤엎은 것도, 처참한 잔해를 치우게 하는 것도 떳떳하기 짝이 없는 것이다.

몸과 마음을 다해서 장만한 음식이 사랑하는 식구들의 피와 살이 되지 못한 채 쓰레기로 변해버린 광경을 보는 사람의 심정이 어떨지 따로 설명이 필요할까. 게다가 그 잔해를 말끔히 정리하고 새로 상을 차려야 하는 심정은? 그 시절, 아이의 눈으로 그런 일을 겪은 사람은 기억할 것이다. 먹지 못하게 된 음식 때문에 못내 아픈 어머니의 얼굴빛을. 먹지 못하게 된 음식이지만 그래도 귀한 음식이어서 차마 함부로 하지 못해 두 손을 빗자루 삼아 조심스레 쓸어 담던 어머니의 모습을. 수그린 채 울먹이던 모습을.

도무지 이해의 여지가 없는 폭력을 그토록 뻔뻔하게 저지를 수 있었던 이유는 딱 하나였다. 밥상 천시. 끼니를 거르고는 살 수 없으면서도 때 되면 손끝 하나 까딱 안 해도 딱딱 들어오는 밥상 너머의 노고를 무시해서 빚어진 일이었다. 무지에서 비롯된 무시. 식구들의 하루 세끼를 책임지는 일이 얼마나 숭고하고 얼마나 수고로운 일인지 몰라서 감히 저지를 수 있는 무시였다. 더도 말고 딱 한 번만 체험해보면 깨달을 일을 어쩌면 평생토록 외면한 채 무지와 무시를 이어갈 수 있었는지, 지금에 와서는 그게 더 놀랍기도 하다.

아무려나 텔레비전에 더 이상 그런 장면이 나오지 않는다고 해서 밥상이, 밥상을 차린 사람의 정성이 존중받는 세상이 되었다는 얘기는 아니다.

신혼 시절, 아내는 아직 한 남자의 아내보다 엄마의 딸에 더 가까웠다. 살림에 서툰 건 남편과 아내가 비슷한 수준이었다는 뜻. 너나 나나 누군가를 보살피기보다는 보살핌을 받는 데 더 익숙한 시기였다.

그 수준으로 아내는 남편을 생각하며 요리를 했다. 요리 실력과는 별개로 마음만은 가득 담아 요리를 했다. 서툴러도 용감하게 요리를 한 건 정성 들여 만들었으니 설사 맛이 좀 떨어져도 맛있게 먹어줄 거라는 믿음 때문이었다.

아내는 혼자 살 때는 감히 시도할 엄두도 못 내던 생선요리에 도전했다. 남편이 어려서부터 자주 먹었고 가장 좋아하는 생선이라던 갈치, 물 좋은 은빛 갈치를 샀다. 다행히 생선가게 주인이 토막을 내주고 소금까지 뿌려주었다. 굽기만 하면 되는 거였다. 비린내가 온 집 안에 퍼질 일이 끔찍했지만 노릇노릇 잘 익은 갈치를 맛있게 먹어줄 사람을 상상하니 즐거웠다.

예상은 했지만 쉬운 일은 아니었다. 생각보다 기름이 멀리 튀었다. 비린내도 상상을 넘어섰다. 엄마가 튀길 때 매끈하게 잘 뒤집히던 그 생선이 아니었다. 프라이팬에 껍질이 달라붙는 바람에 머릿속으로 그리던 때깔을 망치고 말았다.

그래도 친정과 시댁에서 보내준 밑반찬을 올린 식탁에 갈치구이 한 접시를 곁들이니 제법 그럴듯했다. 음식을 만드는 마음이 어떤 것인지 비로소 헤아려졌다. 내 입에 넣자고 할 일은 아니었다. 나 먹자고 비린내와 튀는 기름을 감수할 자신은 없었다. 이상한 일이었다. 남편 먹이자고 그 일을 감행한 것이다. 그러니까 남 입에 넣자고 귀찮은 일을 해내고, 심지어 마음이 흐뭇하기까지 한 거였다. 주는 마음이 이런 거구나, 사뭇 숙연해지기까지 했다.

마침내 남편이 밥상 앞에 앉았다. 아니나 다를까, 갈치구이를 보더니 눈이 빛났다.

"오!"

감탄사를 내뱉었다. 순간 아내는 멀리까지 튄 기름도, 비린내도 다 잊었다. 색다른 행복감이었다. 나의 수고로 누군가가 즐거운 이 야릇한 행복감.

"갈치구이를 다 만들고. 고생했다!"

딱 거기까지만 했어야 했다. 뒤이어 '그런데'라는 접속사를 발음하지 말았어야 했다.

"그런데 갈치도 그렇고 다른 생선도 그렇고 비늘을 먹으면 탈이 나거든. 그래서 요리하기 전에 칼로 살살 벗기거나 우둘투둘한 바닥에 대고 긁어줘야 해. 어머니는 늘 그렇게 하셨어. 비늘을 말끔히 없애고 매끈매끈하게……."

갈치 구운 프라이팬으로 남편 머리통을 내리칠 뻔했다. 아내는 급격한 피로감과 함께 온몸에서 찐득찐득 식용유가 배어 나오는 것 같았다. 그런 아내의 상태를 아는지 모르는지 남편은 아직도 젓가락으로 갈치 토막을 이리저리 뒤집으며 갖은 가르침을 이어갔다.

비늘 못 벗긴 갈치구이나마 살살 발라 먹어주면 안 되었을까? 다음에 한 번쯤 손수 갈치 비늘 벗겨주며 함께 요리하는 쪽으로 마음을 쓸 수는 없었을까? 아내는 말없이 일어나 여전히 분석만 당하는 중인 갈치구이를 들어 음식물 쓰레기통에 던져버렸다.

어안이 벙벙한 채 그제야 입을 다문 남편을 보니 퍼뜩 생각나는 게 있었다. 연애할 때 그토록 많은 식당을 다녔지만 남편은 맛있다는 소리를 한 번도 하지 않았음을. 그때는 잦은 출장 탓에 집밥이 그리워 그런가 보다 이해했다. 그런데 갈치구이 사건을 정점으로 확실히 알게 된 사실, 남편은 어머니 음식이 아니면 다른 건그저 배 채우는 수단에 불과했던 거다.

어머니가 만든 음식만 맛나게 먹었을 뿐, 아들 입맛을 맞추고 싶어서 아들 숟가락 가는 쪽을 유심히 지켜봤을 어머니의 눈길은 안중에도 없었을 것이다. 주는 데서 행복을 느끼는 어머니의 마음은 받아먹지 못했을 거라는 소리다. 그 무수한 집밥이 밥상에 오르기까지 어머니가 어떤 수고를 했는지 헤아려보는 순간은 당연히 없었을 테고.

아무튼, 어머니를 떠나 이제 막 같이 살기 시작한 여자에게 당한 살벌한(?) 갈치 투척 사건 이후로 남편은 감히 음식 품평을 하지 않았다. 한 끼라도 얻어먹으려면 주는 대로 잠자코 먹어야 한다는 것까지는 깨달은 셈이다. 다만 무슨 음식이 올라오든 여전히 먹는 시늉만 할 뿐 맛있다거나 애썼다는 소리는 하지 않았다. 제 입맛에 안 맞는 음식은 아예 젓가락도 대지 않았다. 이번에는 좋아할까, 이 음식은 맛있어할까, 아내는 그래도 김빠질 게 틀림없는 요리 시도를 이어갔다.

부부동반 모임. 비슷한 또래들이라 그런지 남편이라는 상대와 살아가는 일을 두고 이런저런 얘기가 오갔다. 귀하게만 자란 데다, 여전히 어머니의 세상에 머물러 있는 아들들의 얄미운 만행은 아무리 들춰도 밑이 보이지 않았다. 특히, 음식 관련 일화는 거기서 거기였다. 상만 엎지 않을 뿐이지 밥상이 차려지기까지의 노고가 무시당하기는 예나 지금이나 별 차이가 없어 보였다.

여자들끼리 그런 성토를 하는데 눈치 없는 남편이 느닷없이 한

마디를 던졌다. 몹시도 자랑스럽다는 말투로.

"내가 말이야, 맛있다는 소리는 좀 박하지만 그렇다고 반찬투정은 안 하잖아."

'아, 그래, 그러시지. 반찬투정은 안 하시지. 그저 안 쳐먹을 뿐이지.'

아내는 터지려는 속을 다독거리며 읊조렸다.

어느 날 아침, 반찬투정 안 하고 단지 안 먹을 뿐인 남편에게 아내가 아침 밥상을 차려 주었다. 남편이 좋아하는 걸로 고르고 골라서…… 패스트푸드, 인스턴트, 즉석식품으로만 꽉 채운 무려 12첩 반상!

"자기가 뭘 좋아할지 몰라서 다 준비해봤어. 맛있게 먹고, 더 필요한 거 있으면 냉장고 안에 꽉 채워놨으니 입맛대로 골라 먹어. 나는 바빠서 먼저 출근할게."

부부들이여!

휴지통을 비우든 변기통을 닦든 상을 차리든 설거지를 하든, 그런 일에 '원래부터', '자고로 여자는' 따위 개소리를 시전하며 마치 인간의 역할을 하늘이 정해준 것처럼 떠드는 자와 함께 사는 그대들이여! 자자⋯⋯ 찬물 한 잔 쭉 들이켜고 생각해보자.

하늘은 가사 분담을 어떻게 할지 정해준 적이 없다. 알아서 잘 나누면 될 일들이다. 동의할 수 없다면 함께 살기 힘들다는 것을 가르쳐라. 혼인신고서 옆에는 이혼신고서도 구비되어 있다는 사실을 알려줘라. (당연히 혼인신고서에 도장 찍기 전에 충분히 냉정하게 계산해야 하겠지만) 세상에 못 뒤집을 일이 어디 있나! 남편도 아내도 알아야 한다. 부부는 돌아서면 남이라는 말, 뼈 때리는 진실이다!

5장 직장

속 편한 쪽이 갑

대답만 잘하는 꽃

예쁜 직원이 들어왔다고 소문이 파다하다. 맞다. 예쁜 직원이 왔다. 옆 부서 남자 직원들이 괜히 이쪽 책상을 어슬렁거린다. 여직원들 사이에서는 예쁜 신입의 화장법과 옷차림이 이슈가 됐다. 그것만으로도 '예쁜 신입' 입증이다.

누가 예쁜 것들이 못됐다고 했나. 이 예쁜 신입은 예쁜데 친절하고 상냥하기까지 하다. 남녀를 막론하고 모두에게 친절하다. 말 떨어지기 무섭게 대답도 네, 네, 잘한다. 예쁜데 성격까지 좋은 그야말로 하늘이 내린 사람……인가?

선배는 고개를 갸웃했다. 처음엔 예쁘고 성격 좋아 보이는 신입이 옆자리라서 반가웠다. 반가운 마음으로 지난 한 달 동안 몇 년 일찍 입사한 선배 몫을 기꺼이 했다. 뭐, 아무리 예쁘고 성격 좋아도 처음부터 일을 잘할 수는 없는 거니까. 남에게 하소연하기 힘든, 참으로 모호한 애로사항이 빚어지기도 했지만 흔쾌히 눌러 삼켰다. 처음엔 누구나 어리바리한 게 세상사라고 스스로를 이해시

켰다. 게다가 너나 나나 '을' 아닌가. 을 마음은 을이 알아줘야지 싶었다. 그래서 처음부터 차분히 가르쳐주었다. 회사 인트라넷 사용법부터 하나하나. 로그인은 이렇게 하고, 업무 마감할 때는 이걸 체크하고, 보류할 때는 저걸 꼭 남겨놓고…….

네, 알겠습니다. 네, 알겠습니다!

아하, 대답 잘하는 걸 보니 업무 파악도 **빠릿빠릿** 잘할 것만 같았다. 가르쳐주는 대로 잘 따라오는 느낌이었다.

"이거 한번 해볼래요? 작성 끝낸 문서인데 죽 훑어보고 형식이나 오타만 확인하고 기안을 작성해봐요. 다 마치면 결재 올리기 전에 점검 한번 받고."

시스템도 익힐 겸 아주 간단한 미션을 주었다.

"네!"

역시 시원한 대답.

"혹시 잘 모르겠으면 물어보고 천천히 해봐요."

어느덧 퇴근시간. 그 사이 신입은 별 다른 질문을 하지 않았다. 맡긴 일을 끝냈다는 소리도 없었다. 다만 지금은 다른 일을 하는 걸로 봐서 잘 마무리 지은 줄 알았다.

"일 다 마무리했으면 퇴근합시다."

"네!"

낯설어하는 기색 없이 잘 따라오는 것 같아서 선배는 내심 기분이 좋았다. 드디어 일 구덩이에서 빠져나오려나 싶은 기대감까지

들었다.

　다음 날, 어제 시킨 일을 점검할 겸 출근하자마자 컴퓨터를 켰다. 아무것도 안 돼 있다. 어, 이건 뭐지?

　"어제 한 일 좀 보여줄래요?"

　신입이 버벅대며 인트라넷에 접속했다. 해당 문서를 찾느라 또 시간을 한참 잡아먹었다.

　'어라? 다 알아들은 거 아니었나? 아니면 하루 사이에 다 잊어버렸나? 하긴, 긴장했을 거고 익숙해지려면 시간이 좀 걸리겠지.'

　아무튼, 겨우 찾은 문서를 보니 점검은커녕 입력된 내용이 형식에 맞지 않았다.

　"이게…… 어떻게 된 거죠?"

　"그냥 연습하라고 시키신 일인 줄 알았어요. 그리고 옆에서 이 대리님이 다른 문서 찾는 거 도와달라고 하셔서 그거 했는데……."

　연습……이라고 했나? 아닌데, 분명히 결재 올린다고 해당 내용 복사해서 형식에 맞게 입력해보라고 했는데. 말이 제대로 전달 안 됐나? '입력해보라'는 말을 '연습하라'고 들었다는 건가?

　선배는 찜찜한 마음을 다독이며 다음부터는 더 분명하게 표현해보기로 했다. 그럭저럭 한 달이 지나는 사이 선배의 이해심이 점점 바닥났다. 이제는 슬슬 업무를 익힐 때도 됐다. 여전히 실수는 잦겠지만 그래도 직장이란 곳에서 본인의 루틴이 생길 시기였다. 신입 때 누구나 그렇듯 선배들을 돕는 업무가 많겠지만, 아무튼 일머리를 형성할 시점이었다.

선배의 경험으로 보아 '때'가 됐다고 생각했는데 아, 그 예쁜 신입은 도통 보이지 않았다. 아직 전담할 업무를 맡지는 못했지만 일을 배우려면 자리에 있어야 할 텐데 안 보였다. 복사 한 장 하러 간 사람이 함흥차사였다.

처음엔 걱정하는 마음으로 찾아다녔다. 복사하러 간 사람을 하염없이 기다리다가 쫓아가보면 다른 사람 서류까지 복사하고 있었다. 아주 느긋하고 편안한 얼굴로. 그도 아니면 지나가던 선배에게 줄 커피를 타며 수줍게 자기소개를 하고 있었다.

내막을 모를 때 선배는 다른 사람들을 나무랐다. 뭣도 모르는 신입이라고 막 부려먹는 거냐고. 엄연히 일 가르치는 사람이 있는데 이럴 거냐고. 신입이 엉뚱한 사람들을 대신해서 잡일을 하는 건 순전히 이기적인 선배들 때문이라고 생각했기 때문이다. 그런데 그럴 때마다 사람들은 하나같이 황당하고 억울한 표정을 지었다. 그런 표정을 보는 일이 거듭되면서 선배는 슬슬 의아한 마음이 들었다.

'뭐지? 내가 잘 모르는 게 있나?'

누누이 말했지만 신입은 예쁘다. 예쁘고 성격도 좋은 여직원이다. 그리고 알고 보니 신입은 자신이 예쁘다는 걸 너무나 잘 알았으며 '여. 자. 직. 원'이라는 사실도 정확하게 인지하고 있었다.

그리고 그 특성을 살리는 중이었다. 업무능력을 습득하는 대신.

신입은 복사기 앞에서 열심히 인간관계를 맺고 있었다. 오가는 직원들과 부드러운 대화를 나누며 회사 안에서 자신의 인지도를 높였다. 선배들 커피 타는 일을 보고서 작성하는 일만큼이나 소중히 여겼다.

그런 신입을 딱히 나무랄 명분이 떠오르지 않았다. 자칫 말 한마디 잘못했다가는 어리고 예쁜 후배를 질투하는 못난 선배가 될 것 같았다. 아직 중요한 업무를 담당하는 것도 아닌데 눈에 안 보일 때마다 찾아내서 일하라고 다그치자니 어딘가 마음 한구석이 켕겼다.

선배는 종종 예쁜 신입을 보며 이유 있는 한숨을 내쉬었다. 업무 가르치는 걸 점점 포기했다. 대신 예쁜 신입이 타주는 커피나 마시고 골치 아픈 일은 혼자 도맡아서 처리하는 일이 되풀이됐다. 그래도 회사에 별일은 일어나지 않았다.

예쁜 신입이 유난히 빛을 발하는 자리는 따로 있었다. 회식 자리. 술을 꽤 마시는 눈치인데 잔을 입에 댈 때마다 수줍은 기색을 잃지 않았다. 회식 후 노래방에 간 날, 신입은 싫은 내색 같은 건 하지 않았다. 마이크를 잡으면 가냘픈 발라드를 조신하게 부르며 겸손하게 리듬을 탔다. 무엇보다 놀라운 건 1, 2, 3차로 이어지는 고단한 회식 행렬에서 낙오하는 법 없이 끝까지 자리를 지켰다는 거다.

시간이 지난 뒤에야 알았지만 그때쯤 신입은 이미 옆자리 선배의 능력을 넘어서고 있었다. 회사의 공식적인 업무가 아니라 비공식적이며 사적인 내부 사정을 파악하는 능력. 그 능력은 회식이 거듭될수록 높아졌다. 예쁜 신입과 3차 이상의 회식을 함께한 사람들은 직장 동료를 넘어 동지에 가까운 관계로 발전해갔다. 심지어 아침에 출근하지 않은 신입의 사정을 저 멀리 타 부서 팀장이 와서 알려주고 가는 일까지 생겨났다. 점심때가 다 되어 나타난 신입을 타박하는 팀장은 없었다. 타박은커녕 하루 쉴 것이지 출근은 왜 했냐며 걱정을 뚝뚝 떨어뜨리기까지 했다.

이게 무슨 시추에이션?

어쨌든 제동을 걸긴 걸어야 할 것 같은데 딱히 나설 구실을 찾기 힘들었다. 근태관리는 상사들 몫이지 겨우 몇 년 먼저 들어온 선배가 왈가왈부할 문제가 아니었다. 후배가 생기긴 했으나 업무 분량이 줄어들기는커녕, 후배가 해야 할 일까지 처리해야 하는 부당한 처지에 내몰렸는데 하소연할 데도 없었다.

부글부글 끓어오르는 선배 마음을 아는지 모르는지 신입은 여전히 일 배울 생각이 없어 보였다. 몇 달이 다 가도록 부서 내에서 이렇다 할 포지션 없이 잡일들만 하면서도 위기감을 느끼는 기척이 안 보였다. 설상가상 신입과 분담하기로 한 일들이 마무리 안 된 채 방치되었다가 발견되는 일이 잦아졌다.

'실수하면 안 되는 업무는 신입이 했다고 해도 어차피 내가 다

시 점검해야 하니까 뭐.'

선배는 애써 마음을 다독였다. 그러던 어느 날 2박 3일 출장이 잡혔다. 선배는 신입을 붙잡고 할 일을 당부했다. 자신이 자리를 비우는 동안 해야 할 일을 꼼꼼히 적고 일일이 설명했다.

"예 알겠습니다! 걱정 말고 다녀오세요!"

시원시원한 대답만은 언제 들어도 기분이 좋았다. 자신감 넘치는 대답을 들으니 출장길에 오르는 마음이 한결 편했다.

'잘할 거야. 그동안 본 게 있으니까 잘하겠지.'

회사 상사들을 모시고 떠난 출장은 생각보다 피곤했다. 출장지에서 얻은 업무만 정리하려고 해도 사나흘은 족히 걸릴 것 같았다. 그래도 한 사람 더 있으니 나눠서 하면 금방 끝나겠거니 했다.

하지만 막상 출근해보니 기분이 싸했다. 신입의 책상 위 풍경이 출장 전이나 비슷했다. 선배는 잘 다녀오셨냐는 신입의 인사도 받는 둥 마는 둥 업무처리 상황부터 물었다. 아아, 이게 무슨 일인가. 시킨 일의 3분의 1도 마무리가 안 되어 있었다. 기막혀서 한숨 쉴 틈도 없이 선배의 책상머리 전화가 울려댔다. 보나 마나 부서마다 업무처리를 목 빠지게 기다리다 하는 전화들이었다.

화낼 틈이 없었다. 발등에 떨어진 업무들을 정신없이 처리하고 나니 퇴근시간이었다. 그제야 겨우 고개를 든 선배가 쿨하게 가방을 챙기는 신입을 불러 세웠다.

"나한테…… 대체 왜 이러니?"

자기도 모르게 명대사가 튀어나왔다. 신입은 영문을 모르겠다는 듯 멀뚱멀뚱 쳐다봤다. 선배는 분명하게 전달해야겠다는 다짐을 새롭게 굳히며 일처리가 왜 이 모양인지 물었다. 신입이 우물쭈물 늘어놓은 이유는 대강 다음과 같다.

첫째, 적어놓고 간 일 중 반은 잘 모르는 거여서 돌아오시면 물어보려고 손도 안 댔다.

둘째, 일을 하다가 제대로 하고 있는지 아닌지 판단이 잘 서지 않는 건 중단했다.

셋째, 아직 마감 날짜가 급하지 않은 것은 나중에 하려고 했다.

~~이게 무슨 개소리~~ 그러니까 아무튼 일을 거의 손도 대지 않았다는 소리였다. 평생 닦아온 인내심이 바닥나려고 했다.

"그럼 마무리된 일이 뭐니?"

"이거, 이거, 이…… 이것도 아니구나……. 아! 이건 아니고……."

아! 신입이 아예 일손을 놓고 사는 건 아니었다. 어쩌면 자신의 주요 업무를 스스로 정하고 그 일만 열심히 한 건지도 모르겠다. 말하자면, 전날 함께 과음한 동지들의 책상에 술 깨는 약이나 주스를 사다 올려놓는 일 같은 것. 그런 일을 신입은 가히 천재적으로 해내는 중이었다. 선배는 자신이 가지지 못한 능력을 마음껏 발휘하는 신입을 보며 한숨을 내쉬었다.

회사에 존재하는 인간 군상을 둘로 나눈다면 '회식을 좋아하는 자'와 '회식을 피하는 자'라고 선배는 규정했다. 몇 년 동안의 경험과 관찰을 통해 얻은 결론이었다. 돌아보니 회식을 피하는 자들이 일은 열심히 하는 경향이 있었다. 그렇지만 인간관계가 원만하지 않다는 평을 받기 마련이었다. 회식을 피하는 자, 회사 구성원으로서 화합에 소극적이라는 이미지를 얻는 것이다. 그에 반해 회식파는 비록 술에 절어 오전 업무를 하는 둥 마는 둥 헤매더라도 회사 구성원으로서 사원들의 일치단결에 한 몸 불사르는 사람이라는 괴상한 훈장을 얻는다. 그들은 회사 밖 술집에서 회사를 걱정하고 앞으로의 전망을 점치며 회식에 오지 않는 직원들과의 화합 방안을 고민하느라 무수한 술병을 쓰러뜨린다.

예쁜 신입은 단연 회식파의 젊은 피다. 회사 밖에서 회사를 고민하는 시간이 날이 갈수록 쌓이는가 싶더니 신입의 안타까움도 임계점에 달한 것 같았다. 그날도 점심시간 직전에 출근한 신입은 동지들과 지난밤 나눈 고민을 '고민'한 끝에 그만 사내 메신저에 장렬히 뿌리셨다.

어젯밤 논의 결과를 알려드립니다. 앞으로 회식에 참석하지 않으실 분들은 사전에 모두에게 자신의 사정을 말씀해주시고 적어도 회식에 연달아 빠지는 일이 없도록 해주시기 바랍니다. 좋은 하루 보내세요. 아자!

메시지가 구석구석 전달된 다음 여기저기서 피식피식 어이없어하는 웃음이 터졌다. 그 웃음의 의미를 아는지 모르는지 대답 잘하는 예쁜 신입은 술 깨는 데 그만이라는 음료를 원샷하고 있었다. 꽃인지 직원인지 알 수 없는 예쁜 그 신입은.

너는 하고 싶은 말 다 하고 살아서 암은 안 걸리겠다

'말은 해야 맛이고 고기는 씹어야 맛이다'는 속담을 곱씹어본다. 입이 담당하는 대표적인 기능 두 가지가 떠오르는 속담이다. 말하고 먹기. 아무튼 고기는 꼭꼭 씹어서 맛보고 할 말이 있으면 적절한 표현을 써서 할 줄 알아야 한다는 뜻이겠거니 한다.

그런데 하지 않아도 좋을 말을 굳이, 기어이 하고야 마는 사람이 있다. 무방비 상태에서 듣는 사람이 당황할 말을 거침없이 쏟아내는 사람이 있다.

그날도 그랬다. 점심시간. 구내식당에서 평화롭게 점심을 먹는 사람들의 평화를 일시에 깨뜨린 건 역시 그 선배였다. 불행히도 한 처자가 '선배'의 타깃이 되었다. 문제의 발단은 새우튀김이었다.

보기에도 바삭하고 고소한 향이 풍기는 왕새우튀김은 단연 눈길을 끌었다. 다만 모두의 욕망과 달리 '1인당 하나씩'이라는 메모가 붙어 있었다. 그렇다고 누가 특별히 감시하는 건 아니었지만 다들 교양 있는 시민이자 직원들이기에 왕새우튀김은 딱 한 개씩만 식판에 담았다. 불만이 아주 없는 건 아니었다. 바로 뒤에서 말 못 참는 그 선배의 목소리가 들려왔다.

"뭐야, 딱 하나씩? 그냥 더 가져가면 안 돼?"

힐끔 보니 투덜거리면서도 한 개만 집는 게 보였다. 그렇게 끝났으면 좋을 점심 자리였다. 별 다른 일이 벌어질 상황도 아니었다. 그저 다들 식탁 앞에 앉아 평소처럼 밥을 먹었다. 그러던 어느 순간 다시 그 목소리가 들렸다.

"어머? 자기는 왜 두 마리야?"

저도 모르게 고개들이 돌아갔다. 시선이 집중된 곳에 젊은 처자가 앉아 있었다. 처자의 젓가락에는 새우튀김 두 개 중 하나가 꼬리만 남은 채 걸려 있었다. 얼굴이 벌게져서 어쩔 줄 모르는 처자에게 치명적인 한 방이 다시 날아들었다.

"자기는 다이어트 생각하면 튀김은 한 개 먹는 것도 고민해야 되는 거 아니야?"

아으…… 가까이 앉은 사람들까지 얼굴이 붉어지려고 했다. 처자가 그 선배 바로 옆에 앉은 것도 아니었다. 옆에 옆에 옆에 옆. 굳이 두 테이블 건너에 앉은 처자에게 그따위로 말을 던지고 싶었을까. 한데…… 그러고 보니 처자와 같은 테이블에 앉은 몇몇 사람들 식판에도 새우튀김이 두 개씩이었다.

누구라도 상황 판단이 가능한 일. 처자는 점심시간 끝 무렵에

식당에 들어섰다. 처자 일행 뒤로는 한두 사람쯤이 줄을 섰다. 그에 반해 새우튀김은 아직 꽤 남았다. 아주 편한 마음으로 너나없이 두 개씩 집었다.

그랬는데…… 지금 처자의 얼굴은 왕새우튀김의 맛깔스러운 비주얼과는 딴판으로 흙빛이었다. 안쓰러운 마음으로 처자를 보는 사람들 얼굴도 마찬가지로 흙빛. 다만 자기가 뱉은 말 한마디 때문에 누구 속이 뒤집어졌는지 어쨌는지 관심 없는 한 사람만 태연히 밥을 먹고 있었다.

그런 식이다, 그 선배는. 자기가 손해 보는 느낌이 들거나 마음에 들지 않으면 다른 사람 심정이 어떨지 고려하지 않고 거리낌 없이 말을 내뱉는다. 소소하게는 점심을 먹은 뒤 함께 산책을 하지 않아도, 자신이 원하는 간식을 함께 먹지 않아도 상대를 공격한다. 아니, 공격이 아니다. 그저 자기 마음에 안 드는 티를 마음껏 내며 말을 내뱉고 만다. 과연 저 사람이 자녀를 기르며 가정과 사회생활을 오래도록 병행해 온 50대 초반 연륜을 지닌 여성이 맞나, 싶을 지경이다. 어쩌면 인간관계에서 한 수 앞을 내다보는 계산조차 못하는 순수한 뇌를 지녔으려나.

아무튼, 맞으면 몹시 아프고 불쾌할 수밖에 없는 그 화살을 오늘 기어이 맞고야 말았다. 선배에게 당하는 사람들을 옆에서 지켜보며 어지간하면 말 섞지 않으려고 그토록 애쓰던 후배가.

"어머? 자기는 무슨 백으로 이번 연찬회에 빠져?"

갑자기 날아든 질문과 확 몰리는 주변 시선들에 후배의 얼굴이 순식간에 달아올랐다.

"아…… 저…… 그게……."

평소 조리 있게 말 잘한다는 평을 듣는 후배였으나 소용없었다. 부지불식간에 당하는 바람에 말까지 더듬어 더더욱 떳떳해 보이지 않을 게 뻔했다. 생각이 거기에 미치자 얼굴이 더 화끈거렸다. 졸지에 빵빵한 백그라운드를 가진 사람이 되어버렸다.

실은 연찬회 일정이 잡히기 훨씬 전에 병원 예약을 해둔 터였다. 아직 무슨 병이라고 밝혀진 건 없지만 증상이 계속되어 오래전부터 불안이 커지던 참이었다. 병원 예약한 게 여기저기 소문 낼 일은 아니어서 윗분들께만 양해를 얻고 연찬회에서 조용히 빠질 생각이었다. 그런데 하필이면 모두 모인 간식시간에, 하필이면 그 선배에게 걸리고 만 것이다.

연찬회 때 무슨 업무를 맡았는지 묻기에 차마 거짓말을 할 수 없어서 사정이 생겨 못 가게 되었노라고 조용히 얘기했을 뿐이다. 사정이 뭐냐고 물었을 때 털어놓았어야 했을까. 병원 간다는 말을 하는 게 영 내키지 않아서 얼버무렸는데 그 사달이 나고 말았다. 무슨 큰 발견이라도 한 것처럼 호들갑을 떠는 선배 앞에서 후배는 쥐구멍이라도 찾고 싶었다.

'저……씨…… 차마 말 못 할 병이라도 있으면 어쩔 거야. 사정이 궁금하면 둘이 있을 때 조용히 물어봐도 되잖아. 뭐 백?'

아무튼 그리 떠들썩하게 연찬회 불참 강제 커밍아웃을 당하고 후배는 후회했다.

'조심을 더 했어야 했다. 그 선배와는 말을 섞지 말았어야 했다. 아니 곁에 얼씬거리지 말았어야 했다.'

막상 그 화살을 직접 맞고 보니 당하는 사람 곁에서 간접적으로 느꼈던 화끈거림과는 비교할 수도 없는 민망함에 휩싸였다. 그런 후배를 내버려 두고 선배는 언제나 그랬듯이 간식을 오물거리며 아무렇지도 않게 자기 자리로 돌아갔다. 그리고 아무 일 없었다는 듯 평온한 얼굴로 자기 업무를 봤다. 저만치서 그런 선배를 건너다보며 후배는 속으로 묻고 따졌다.

'선배, 그 시원시원한 입담으로 남들 소심해서 못하는 말 좀 해 주면 안 되냐? 본인만 시원하고 주변 사람들은 모두 민망해지는 그런 말 말고, 다 같이 시원해지는 그런 말 좀 하면 안 되냐고? 하고 싶은 말은 다 하면서 왜 불합리하고 불의한 일은 비판하지 않니. 그런 일 앞에서는 어찌 그리 조용히 입 처닫고 있는 거니……'

선배, 너도 참는 말이 있냐고, 그 한마디는 정말로 물어볼까 하다가 후배는 꿀꺽 삼켰다. 묻고 싶은데 차마 입 밖으로 낼 엄두가 나지 않았다. 뜬금없는 질문에 황당해할 얼굴을 마주할 용기가 없었다. 선배처럼 아무렇게나 내지르는 내공이 후배에게는 없었다. 그러고 보니 그것도 재능이다.

웃기지 마 그때 넌 더했어

직장생활을 시작하고 10년, 20년이 지나면 웬만한 일이 다 익숙해진다. 익숙해져서 좋은 점은 빨리, 쉽게 처리할 수 있다는 것. 반면에 익숙해지면서 생기는 부작용도 있다. 타성. 흔히 매너리즘이라고 하는 타성. 태도나 방식에서 진정성이 사라진 틀에 박힌 모습. 그러니까 하던 대로만 하려는 습성이 생기기도 한다는 거다. 갓 입사해서 연수를 받는 순간부터 경계할 태도라고 귀에 못이 박이도록 듣게 되는 말이다.

하지만 현실을 보라. 신입들은 입사한 순간부터 유형, 무형의 매뉴얼을 끊임없이 배우고 **열나게** 익히면서 회사생활을 시작한다. 다시 말해, 사람들이 앞서 체험하며 살았던 방식을 익히고 적응하느라 엄청난 노오력을 해야 한다는 거다. 한편에서는 너무 익숙해져서 타성에 젖기 쉬운 일을 또 한편에서는 새로이 배워 체화해야 한다.

아무튼 남의 방식을 따라 산다는 게 어디 쉬운 일인가. 그래서 신입사원이 되는 순간 적어도 1년은 귀머거리 4개월, 벙어리 4개월, 장님 4개월로 살아야 조직에 온전히 적응할 수 있게 된다고들한다. 그러고도 낯선 일과 생활패턴을 배우다 보면 뜻하지 않은실수를 저지르곤 한다.

실수는 크게 두 가지로 분류할 수 있다. 열정이 과해 오버하거나 지나친 조심성 때문에 미진하거나. 과한 열정에는 왜 기존 방식을 숙지하지 않고 제멋대로 추진하느냐는 추궁이, 지나친 신중함에는 신입이 가져야 할 패기와 창의성이 없다는 지적이 따른다. 어떤 경우라도 정답은 없다. 그저 어서 시간이 지나고 저적질을 휘두를 수 있는 선배가 되는 수밖에.

누구에게는 이미 타성이 된 기존의 것을 패기와 창의성을 발휘해서 열정적으로 답습해가는 과정이 펼쳐진다. 그리고 그 지난한 과정에 빠지지 않고 등장하는 부류가 있다. 누가 들어도 조롱인데 본인은 조언이라며 던져대는 부류.

그들은 절대 상대를 앞에 두고 큰 소리로 혼을 내거나 다그치지 않는다. 그렇다고 뒤에서 애정이 듬뿍 담긴 진한 위로를 건네지도 않는다. 실수를 저지르고 주눅 든 신입의 한 발짝 뒤에서 독백인 듯도 하고 방백인 듯도 한 언사를 날릴 뿐이다.

"어휴! 일을 왜 저렇게 하냐. 저 나이 때 난 안 그랬는데……."

한 발짝 뒤에서 하는 말이니 신입의 귀에 안 들릴 리 없다. 애초에 들으라고 한 발짝 뒤에서 하는 소리이기도 하고. 아무튼 그런 소리를 들으면 안 그래도 주눅 든 신입은 더 주눅이 들어 마음이 오그라든다. '그들'에게도 한때 신입 시절이 있었겠지만 지금 신입으로서는 그들의 신입 시절이 어땠는지 알 수 없으니…….

그렇지만 증거가 없어도 심증은 가질 수 있다. 애정도 없이 아무렇게나 날리는 언사를 곧이곧대로 받아들이고 약으로 삼을 사람이 몇이나 있을까. 사람의 격이라는 건 행동이나 태도, 말투에 배어 있기 마련이며, 사람을 평가하고 판단하는 눈은 웬만하면 비슷하다. 갓 입사한 신입이라고 해서 사람 보는 눈까지 낮지는 않다. 한 사람의 격을 헤아리는 데 경우에 따라서는 딱 하루, 아니 딱 한순간이면 충분할 때가 있다.

어렵고 곤란한 일이 벌어지면 흔적도 없이 사라졌다가 티 나고 보람 있고 이득 될 만한 일에는 선봉에 서는 얍삽한 사람들은 어느 조직에나 있다. 그런 사람들이 구사하는 다양한 기술이 있다. 소소하게는 간식을 준비할 때는 분명히 없었는데 먹는 순간이 되면 갑자기 나타나는 기술이 있다. 그런 사람은 다 먹고 치울 때가 되면 다시 사라지는 기술 또한 뛰어나다. 책임에서 자유로울 수 없는 업무 문제를 해결해야 하는 때는 어떤가. 대개는 깊은 침묵으로 일관하거나 남의 일처럼 모르는 척한다. 하지만 누군가의 실수가 명백해 보이는 문제 앞에서는 조롱을 조언처럼 던지는 기술을 화려하게 구사한다. 특히 자기보다 약한 사람, 자기보다 끗발 밀리는 사람은 절대 지나치지 않는다.

"난 저 나이 때 안 그랬는데…….."

그 말이 날아와 귀에 꽂히면 제아무리 귀를 닫고 살던 **쟈렁어** 신입이라도 꿈틀하게 된다. 그렇지만 한편으로는 입도 닫고 살아야 하는 처지이니 토 달 엄두를 못 낸 채 퇴근 후 술 한잔 마시며 울분을 삭이는 수밖에 없다. 그 인간들이 신입이었을 때는 정말로 수준이 달랐는지 어땠는지 의심스러워도 차마 확인할 수 없는 답답함도 술 한잔과 함께 꿀걱꿀걱 삼키는 수밖에.

다만, 그들이 놓친 중요한 사실이 하나 있다. 그들 옆에 신입만 존재하는 게 아니라는 사실, 주변에 그들과 신입 시절을 함께 보낸 동기며 그들을 교육했던 선배들도 즐비하다는 사실이다. 그 오만한 언사를 듣는 순간 꿈틀 정도가 아니라 관자놀이에 핏대가 팍 서는 사람들이 있다는 소리다. 그럼에도 그들이 잠자코 입을 다문 이유는 아무리 말 같잖은 소리를 해도 신입 앞에서 망신당하게 하진 말아야지 하는, 상식을 묵묵히 실천하는 사람들이기 때문이다.

그러나 아무리 점잖아도 속에서 소리 없이 치고 올라오는 외침마저 없을 수는 없다.

'닥쳐라! 너 올챙이 때 꼬락서니는 하늘이 알고 땅이 알고 내가 안다. 그때나 지금이나 뭐 그리 큰 차이 없다는 것도!'

무능한 인간의 권력욕은 죄악이다

"뭐야, 결재 올린 지가 언젠데 아직도 안 났어?"

나도야, 나도, 나도……. 여기저기서 투덜거리는 소리가 터져 나온다. 혹시나 싶어 김 선생도 결재 상황을 들여다본다. 역시나.

"아니 대체 뭐 하느라고 결재를 안 한대?"

"몰라. 아까 가보니까 정신이 없더라고. 뭘 하느라고 정신이 없는지……. 결재 올리라고 난리 칠 때는 언제고."

어제오늘 일도 아니다. 늘 그런 식이다. 그 인간의 관심사는 오로지 '교장'이다. 무슨 수를 써서라도 교장이 되고 싶은 욕망. 탐욕스러운 욕망도 능력이라면 그 능력밖에 가진 게 없다. 일 진행 과정에 일관되게 견지하는 원칙도 없다. 업무의 효율성이나 합리성은 고려하지 않는다. 거기까지도 괜찮다. 무엇보다 가장 안타깝고 절망스러운 건 그 사람이 '일을 모른다'는 점이다.

학교의 교무부장은 학교 전체의 업무를 총괄하는 직책이다. 주요 업무는 실제로 일을 하는 교사들과 그 교사들에게 업무를 지시하거나 결정하는 관리자들 사이에서 균형자 역할을 하며 업무를 합리적으로 조정해주는 것이다. 한마디로 학교의 모든 일이 매끄럽게 처리되느냐 마느냐가 교무부장에게 달렸다고 해도 지나친 말이 아니다.

그. 러. 므. 로.

교무부장은 당연히 일을 잘해야 한다. 돌아가는 일을 꿰뚫고 있어야 한다. 그래서 대개 교무부장은 25년 이상 경력을 가진 교사가 맡기 마련인데, 주로 승진을 목표로 삼는 교사이다.

이렇듯 교무부장은 책임도 많고 할 일도 많은 자리다. 그 막중한 자리에 이상한 인간이 앉아 있다. 그것도 본인이 하겠다고 '저요, 저요' 손을 들어서 맡았단다. 그러고는 일을 안 한다. 해도 이상하게 한다. 관공서의 통합 전산화가 이루어진 지 10년이 훌쩍 넘어 15년이 다 되어가건만 전산으로 끝내도 좋을 결재를 굳이 출력해서 사전에 보고하도록 한다. 그 문서를 채운 문장은 점 하나 띄어쓰기 하나도 틀리면 안 된다.

교사는 학생을 가르치는 일을 하는 사람이다. 작가나 편집자가 아니다. 게다가 학교 업무라는 게 대부분 아이들과 어디를 가네, 무슨 행사를 하네, 누가 무슨 상을 타네…… 하는 것이다. 막말로 열흘 출석한 아이 열하루 출석했다고 하는 결정적인 쿠라 오류가 아니면 문제가 발생하는 일이 별로 없다. 서류에 작성한 문장에 오탈자 몇 개 낸다고 아무 문제 안 생긴다. 수업 들어가는 교사가 쉬는 시간에 짬 내서 기안 작성해서 올렸으면, 수업 안 해도 되는 교장 교감이 전산으로 검토하면서 고치면 된다. 굳이 대면 설명할 필요가 없다. 만약 굳이 그러기를 원하는 교장이 있다면 그 교장은 당연히 문제가 있는 관리자다. 하물며 교무부장이 그것도 대접이라고 그런 식의 보고 방식을 무슨 천명인 양 엄격하게 적용하면서 그래야 관리자급 의전을 받는 거라 믿다니. 참으로 눈 뜨고 못 볼 지경이다.

그날도 교사 열두 명이 교무부장 닦달로 굳이 기안을 작성해서 올렸다. 그럼 결재라도 빨리해야 하는 게 아니냔 말이다. 결국 성질 급한 사람이 달려 내려갔지만 이내 씩씩대며 올라왔다.

"뭐 하느라고 결재도 안 한대요?"

무슨 말이 나올지 대충 짐작 가지만 그래도 궁금해서 묻는다.

"뭘 하긴! 이상한 문서 만들고 있지. 결재 안 하고 뭐 하냐고, 담임들 바빠죽겠는데 일 시켜놓고 진행도 않고 뭐 하냐고 했더니."

"했더니?"

"교장님께서 궁금해하시는 게 있다고 그 양식 만들고 있답니다. 인터넷 접속만 하면 금세 알 수 있는 걸 말이에요. 옆에 사람한테 물었더니 그 대단한 걸 어제부터 붙들고 있답디다."

말 끝나기 무섭게 여기저기서 띵똥 띵똥 메시지 신호음이 터져나왔다. 안 봐도 알 만했다. 그 인간이 보낸 메시지겠지. 문서를 열어보니 조악하기 그지없는 표 양식 하나가 떴다.

'뭐야 이게. 컴퓨터 열면 다 볼 수 있는 걸 갖고 바쁜 사람들한테 뭐 하는 짓이야!'

그랬다. 학교 업무와 관련한 각종 통계들은 이제 모두 전산 처리한다. 교사는 교사 직무에 맞게 쓰고 볼 권리가, 관리자는 관리자 나름의 열람 권한이 있다. 바쁜 사람들 서로 오가느라 시간 뺏기지 말라고, 컴퓨터로 알아서 살펴보고 결재하라고 만든 시스템이다.

사람에 따라 전산이 익숙하지 않을 수는 있다. 하지만 교장도 그렇지. 시스템이 불편하면 익숙해지도록 스스로 배워야 할 일이지 본인이 모른다고 여러 사람 피곤하게 새로운 문서를 생산하게 해서야 되겠는가.

교무부장은 또 어떤가. 자기 편한 방식을 원하는 교장도 문제지만 교무부장이 할 일이 무엇인가 말이다. 교장 선생님, 이 건은 여기와 저기를 보시면 됩니다, 하고 자기 선에서 정리하면 간단할 일이다. 그런데 교장한테 입도 뻥긋 못하고, 컴퓨터 뒤지면 뻔히 잘 정리되어 있는 내용을 그분 보시기에 알맞도록 편집하겠답시고 새 양식 만드느라 안 그래도 수업에 지친 교사들을 더 피곤하게 하는 이 따천 인간이 더 문제다.

잘 보이고 싶으면 본인이나 잘 보일 것이지, 하고 투덜대면서도 사실 교무부장도 딱하다 싶은 마음이 들었다. 아부는 하고 있지만 무식한 관리자 만나서 본인도 고생일 거라고 일면 이해되는 면도 있었기에. 그런데 그때, 툴툴거리는 여러 사람들의 목소리를 뚫고 뾰족한 비아냥거림이 들려왔다.

"교무부장 저 사람이 힘들 거라고 생각해? 뭐, 좀 답답은 하겠지. 하지만 본인도 똑같아서 저러는 거야. 무식한 사람 둘이 만나서 여러 사람 피곤하게 만드는 거 모르겠어?"

아차, 그럴 수도 있겠다. 일처리가 어긋나서 김 선생도 몇 번 쫓아 내려간 적이 있었다. 그때마다 교무부장은 말했다. 나도 피곤하다, 관리자가 까다롭다, 위아래 중간에 껴서 나도 힘들다……. 끙끙 앓는 소리 꽤나 해대는 사람인데 이제 생각해보니 그렇게 죽겠으면 안 하면 될 일이었다. 그런데 작년에 이어 올해까지 굳이 본인이 나서서 교무부장 하겠다며 여러 사람 붙들고 읍소했다는 얘기를 여러 차례 들었다.

아!

깨달음이 왔다. 저 인간도 견디는 중이구나. 몇 년 지나고 나면 자기도 교장 자리에 앉아서 자기 마음대로 휘두를 테니 그날을 기다리는 중이구나. 지금 관리자가 아무리 무식해도 여러 사람이 자기 하자는 대로 맞춰주니 아무 불편함이 없는 것처럼, 무능한 자신의 날도 그렇게 오고 그렇게 펼쳐질 거라고 저리 목을 움츠린 채 굴욕을 참는구나.

무식하고 무능한 인간을 비난하고 싶은 마음은 없다. 모르는 분야에서는 누구나 무식할 수밖에 없다. 아무리 노력해도 좀처럼 갖춰지지 않는 능력도 있다. 못한다는 소리를 허구한 날 듣다 주눅이 들면 잘하던 일도 못하게 될 수 있다. 어느 누가 감히 다른 사람의 무능과 무식을 비웃고 탓할 수 있겠는가.

다만 능력이 부족하고 무식하면 노력이라도 해라 좀! 노력해도 안 되면 지금 있는 그 자리에서 쭉 최선을 다해서 살아라. 자기 능력이 어떤지 자기가 모를 리 없는데 굳이 높은 자리로 올라가려고 좀 하지 마라. 자기 능력 부족을 다른 사람의 희생으로 메우는 뻔뻔한 베짱이 심보는 정말이지 이해가 안 간다. 무능한 인간의 권력욕은 죄악이다.

너의 식성을
강요하지 말라

보신의 계절이 돌아왔다. 끔찍하다. 이놈의 회사는 왜 그 흔한 구내식당도 없는가. 나는 어쩌다가 번듯한 구내식당이 있는 대기업에 들어가지 못했나. 아니다. 내가 조금만 더 부지런하다면, 그놈의 인간관계 신경 쓴다고 눈치 좀 덜 본다면 도시락이라도 싸서다닐 텐데……. 양 과장은 점심시간을 앞두고 괜한 자책을 했다. 구내식당은 없고 보신이 필요하다는 여름, 망할 여름이 다가온 시점에.

부장은 탕을 좋아한다. 뭐, 양 과장도 싫어하지는 않았다. 평범하고 개운한 탕들은 좋아했다. 그런데 부장의 입맛은 얼마나 많은 재료가 탕으로 바뀔 수 있는지 알려주었다.

양 과장은 지난 1년 동안 아는 재료, 모르는 재료들이 담긴 흰탕, 벌건 탕, 걸쭉한 탕을 수도 없이 먹었다. 평소 안 먹는 음식은 있어도 못 먹는 음식은 없다고 자부해온 양 과장이었지만 아무리

167

그래도 이렇게까지 탕 세상이 무궁무진한지는 정말 몰랐다.

그나마 다행인 건 이 나라가 대한민국이라는 사실이다. 대다수 탕을 구성하는 액체가 물인 대한민국. 만약 희한한 탕들에 와인이 들어가고 코코넛밀크가 들어갔다면 어땠을까. 민물새우 밀크 스튜라든지 닭내장 와인 스튜 같은 걸 먹어야 한다면 어땠을까.

양 과장은 이 회사에 입사한 지 겨우 2년 차다. 아, 경력직이라 나이는 어디다 내놓아도 부끄럽다. 입사 첫해에는 직원들 얼굴도 익힐 겸 회사 분위기도 파악할 겸 도시락을 싸지 않았다. 양 과장이 생각하는 도시락은 별게 아니었다. 밥이 있으면 밥을 싸고 감자가 있으면 감자를 싸면 그게 도시락이었다. 좋게 말해 점심 한 끼 그냥저냥 때우면 될 일이지 탕 좋아하는 부장처럼 아침부터 점심에 무슨 밥 먹을까, 고민하지 않았다.

탕만 고집하지 않으면 부장은 그냥 사람 좋은 축이었다. 눈치는 없지만 좋은 아저씨라는 평을 듣고 살았을 부장. 그러나 점심에 먹을 탕 종류를 고민하고 기어이 실행하는 걸 보면 아저씨 앞에 '개'를 붙이고 싶어진다.

점심시간이 되면 부장을 필두로 대여섯 명이 우르르 일어난다. 양 과장은 처음에 그 모습을 보고 오해를 했다. 자신의 입사도 축하하고 팀원들 파이팅 하자는 의미인 줄 안 거다. 그날의 메뉴는 장어탕이었다.

장어를 별로 안 좋아해서 그랬는지 양 과장은 장어로 탕을 끓일 수 있을 거라는 생각은 못 했다. 보기에는 추어탕과 비슷했다. 양 과장은 추어탕도 별로 안 좋아한다. 그래서 예전 회사에서는 추어탕 먹는 자리에서 종종 돈가스를 먹었다. 그런데 장어탕이라니. 미꾸라지가 들어갈 자리에 장어가 들어간 탕. 한 그릇에 만 이천 원씩 여섯 그릇을 부장은 호쾌하게 쐈다. 좋아하지는 않지만 상사의 성의를 생각해서 양 과장도 숟가락 담그는 시늉을 했다. 숟가락을 슬쩍슬쩍 넣었다 뺐다 반복하는 센스를 발휘하며 막 무친 겉절이에 힘입어 공깃밥을 비웠다. 그날만 해도 특별한 날이라고 생각했다.

출근 둘째 날, 점심시간이 두 시간이나 남았는데 부장이 무엇을 먹고 싶은지 물었다. 부장의 기호를 아직 잘 모르던 양 과장은 그냥 가볍게 대답했다.

"아무거나 잘 먹습니다. 특히 남이 사주는 거라면 돌이라도 씹어 먹지요."

썰렁한 개그도 잊지 않고 덧붙였다. 그것이 탕 지옥에 빠지는 첫걸음이라는 걸 그때는 상상도 하지 못했다. 당시 옆에서 인상을 잔뜩 찌푸리던 여직원 표정을 왜 예사롭게 넘겼는지 후회스러울 때가 많았다.

아무튼 그날은 다행히 김치찌개였다. 아, 정식 명칭은 '오모가리 김치탕'이었던 것 같다. 무난히 먹을 만했다. 다음 날은 흐리고 비가 왔다. 동태탕. 그렇게 이 탕 저 탕을 오가는 사이 날이 더

워졌다. 때가 때이니 몸보신이 필요하다고 부장은 내내 노래를 불렀다. 이름하여 영양탕 종류들이 여름날을 장식했다.

그다지 즐기지는 않았지만 영양탕에 삼계탕이 있어서 얼마나 다행인가, 양 과장은 가슴을 쓸어내렸다. 하지만 날마다 삼계탕을 먹을 수는 없는 노릇. 야근이 이어지던 어느 날은 든든히 먹어야 한다는 부장의 논리에 따라 곱창전골집으로 갔다. 내장 종류를 꺼리는 양 과장도 예외는 없었다. 아니, 예외를 논하는 사전조사 같은 건 어차피 없었다. 그저 1인 1탕 시스템이 아닌 걸 고마워하며 겉절이와 깻잎에 공깃밥을 비웠다. 들깻가루 질편한 벌건 국물은 곁눈질만 하면서. 복날에는 개를 먹지 않는 양 과장을 특별히 배려해서 닭내장탕이었다.

사람은 탕만 먹으면서도 살 수 있다. 안 해도 될 실험을 진행한 끝에 양 과장이 내린 결론이다. 탕값은? 야근을 하거나 회식날은 ~~법카~~ 법인카드를 쓰기도 하고 부장이 쏘기도 했다. 하지만 점심값은 n분의 1. 그러니까 각자 돈을 내면서 부장 입맛에 맞는 음식을 먹으러 다닌다는 소리다. 내 입맛에 맞는 맛있는 점심을 먹은 기억이 희미하다.

양 과장도 그렇지만 팀원 가운데 나서서 반기를 드는 사람은 없었다. 모두 탕을 좋아할 리 없는데도 차마 부장을 거역하지 못했다. 개중에 탕을 좋아하는 사람도 있겠지만 이 정도면 좋아하던 입맛도 바뀔 지경일 텐데, 아무도 '탕이 싫다!'고 솔직히 외치지 못했다. 남자도 여자도, 신입도 경력도. 감히 부장 얼굴에 대고 거부하지 못하는 그 이유는 조직생활을 해봤거나 하고 있는 사람이라면 짐작할 터.

아무튼 그렇게 1년을 지내다 보니 슬슬 점심값이 아까웠다. 회사 근처 온갖 탕집들의 공깃밥과 김치 맛에 질렸다. 더는 버티기 힘들어진 양 과장은 도시락을 먹겠다는 말을 할 기회를 엿봤다. 최대한 자연스럽게 얘기를 꺼낼 구실을 궁리했다. 그 전에 먼저 부장을 따라 탕집을 전전해야 하는 다른 여직원에게 속내를 꺼냈다. 어린 후배만 남겨놓자니 짠했고, 의리가 아니라는 생각이 들었기 때문이다.

"저는 도시락 쌀 자신이 없어요. 과장님, 그냥 같이 드시러 다니면 안 될까요? 과장님 오시기 전까지 여자는 저 혼자여서 얼마나 외로웠는지 몰라요."

휴, 한숨이 절로 나왔다. 옮긴 회사에 적응하는 동안 살갑고 친절했던 동생을 외면할 엄두가 나지 않았다. 하지만…… 할 짓이 아니었다. 돈 아까운 건 둘째 치고 정말 더 이상 할 짓이 아니었다. 피자며 스파게티를 바라는 게 아니다. 날이 더우면 만두에 냉면도 먹고 스트레스받는 날은 매콤한 낙지덮밥도 좋지 않은가. 어째 시종일관 탕이란 말인가. 그것도 더럽게 심각하게 '하드'한.

올 날은 오고 만다. 말복. 부장은 아침부터 약간 흥분한 상태다.

오늘 점심은 여름을 보내는 심정으로 더 특별한 탕을 먹겠단다. 듣는 양 과장은 평소보다 더 불안했다. 무슨 탕인지 알 수 없어서 더더욱. 불안한 마음에 더 아무렇지도 않은 척, 무심한 척 물었다.

"그래서 무슨 탕을 드실 건데요?"

하! 부장 하는 꼴이라니. 주먹을 쥐고 양손 검지만 쭉 빼서 자기 ~~대가리~~ 관자놀이에 척 얹으며 외마디 소리를 냈다.

"메에!"

아아, 염소.

'야! 이 새끼야. 염소는 너나 좋아하지. 확 염소처럼 매달아놓고 풀만 먹여줄까 보다!'

양 과장은 뱃속 외침이 밖으로 끓어넘칠까 봐 이를 앙다물었다.

저가…… 시간 있으면 근무 좀 하실래요

구내식당. 분명히 어깨를 나란히 하고 내려왔는데 선배는 어느새 저 앞에 서 있다. 배식을 받고도 습관처럼 두리번거리는 모습. 이유를 짐작 못하는 건 아니지만 후배는 혹시라도 식당에 같이 들어선 자신을 찾나 싶어서 이쪽으로 오라고 손짓을 하려다 멈췄다. 바로 그 순간 선배가 얼굴 가득 웃음을 지으며 이사 옆자리로 갔기 때문.

그러면 그렇지, 당신이 그런 인간이란 걸 잠깐 잊을 뻔했다.

후배는 시간이 가도 익숙해지지 않는 선배의 행태가 쓸쓸했지만 차라리 오늘따라 구내식당을 이용해준 이사가 고마웠다. 쓸 만한 임원이 안 보이면 울며 겨자 먹기로 선배 옆자리에 앉아야 했을 테고, 밥은 먹는 둥 마는 둥 영양가 없는 훈계를 들어야 했을 테니까.

입사 1년 선배다. 1년 차이라고 해도 그 간극을 메우기 힘들 만큼 배울 게 많은 진정한 선배가 있다. 하지만 불행히도 그 선배의 가르침은 몹시도 하찮아서 살짝 부끄러울 지경이었다. 후배는 갓 입사해서 얼떨떨하던 시기에 처음으로 결재를 앞두고 긴장했던 날을 떠올렸다.

아직 기한이 사나흘 남은 결재였다. 그렇지만 군기 바짝 든 신입으로서는 처음으로 넘어야 할 높은 산이었다. 회사의 보고체계는 아직 낯설고 전산시스템은 어색하고도 어려운 관문이었다. 단순한 업무였지만 계산은 잘 맞는지 여기저기 조사해서 짜깁기한 정보는 제대로 정렬하여 첨부했는지 불안하기 짝이 없었다. 지금은 눈 감고도 할 수 있는 일이 그때는 온몸과 마음을 짓누르는 부담이었다. 그때 마침 그 선배가 다가왔다. 무슨 일인지 몹시 들뜬 얼굴이었다. 기분이 좋아 보여서 더 쉽게 용기를 낼 수 있었다.

"선배님, 이것 좀 봐주실래요?"

휙 스쳐 지나가던 선배가 힐끔 후배의 모니터를 봤다. 그러고는 다짜고짜 이맛살을 찌푸렸다.

"에이 씨…… 난 또 뭐라고. 바빠죽겠구먼."

그 말 같지 않은 말을 뱉고는 그 자식 선배는 총총 어딘가로 달려갔다. 눈을 초롱초롱 빛내면서, 얼굴엔 알지 못할 욕망을 가득 담은 웃음을 장착하고.

'뭐지……?'

처음엔 무안했다. 그리고 이내 괘씸하다는 생각이 올라왔다. 영

문 모르고 뺨 맞은 느낌으로 후배는 다시 모니터를 보았다. 그리고 다시 검토를 시작하려는데 갑자기 선배가 나타났다.

"아, 이건 말이야……."

어라? 아까와 딴판으로 목소리가 무지하게 친절했다. 의아해서 눈을 들어보니 선배 곁에 부장이 서 있었다.

"그래서 어쩌고저쩌고…… 알겠어?"

'뭘 알겠냐는 거냐, 이놈아. 뭔 물어보지도 않은 설명을 하고 난리냐.'

후배는 멀뚱멀뚱 눈만 끔벅거렸는데 선배가 갑자기 한숨을 푹 쉬며 부장에게 하소연 조로 말했다.

"휴! 부장님, 어쩌죠? 아무래도 제가 좀 알려줄 게 있는 것 같습니다. 말씀드리다 만 건 좀 이따 다시 정리해서 보고드릴게요. 자, 이것 좀 봐봐, 집중하고! 어쩌고…… 저쩌고……."

그 상황이 도무지 받아들여지지 않아서 후배는 하마터면 입에 머금었던 커피를 뿜을 뻔했다. 그러거나 말거나 선배는 후배도 입사 전부터 다 아는 내용을 꽤나 복잡하게 설명해댔다. 대충 흘려들으며 후배는 그냥 실수하고 야단맞는 편이 나았겠다, 쓰나미처럼 밀려오는 후회에 휩싸였다.

이윽고 부장이 자리를 뜨자 선배는 건성건성, 그나마도 가르쳐주는 건지 놀자는 건지 알 수 없는 말을 30초쯤 더 중얼거렸다. 마지막으로 너무나도 친절한 직장생활 팁을 한마디 덧붙이는 것도 잊지 않았다.

"대충 해 대충. 이게 뭐라고 아직 사흘이나 남았는데 벌써 작성하고 난리야. 이런 건 그냥 당일 오전에 올려."

이제 가나, 했더니 다시 돌아보며 한마디 더 보탰다.

"너 그렇게 자꾸 미리미리 해 버릇하면 다른 사람들이 깔본다."

발걸음도 가볍게, 제법 시크하게 멀어지는 선배의 등짝을 보며 후배는 좀 웃었다. 아니, 비웃었다. 입사해서 처음으로 그 선배에게 들은 조언에 정작 후배가 얻은 소득은 다른 거였다.

'저 인간은 이런 사람이구나…….'

그 선배가 어떤 종류의 인간인지 정확하게 파악한 중요한 날이었다.

그로부터 2년이 흘렀다. 지금도 그 선배는 자기 콘셉트를 잘 유지하고 있다. 작은 일도 매우 큰일이 난 것처럼 확대하고, 큰일이라도 자기 이익과 맞지 않으면 대수롭지 않게 여긴다. 곁에 임원이 있으면 세상에서 가장 성실한 사원으로 변하는 것도 여전하다. 그 사이 대리 딱지를 달았는데 세상 어디에도 없는 빛나는 대리처럼, 아니 그 이상의 직급을 가진 유능한 사원처럼 굴었다. 말단 사원 눈에도 훤히 보이는 수작이 상사들 눈에는 안 보이는 건지, 아니면 다 알면서도 너그럽게 이해해주는 건지 알 수 없지만.

2년 동안 후배는 남부끄럽지 않게 일을 배웠고, 스스로 부끄럽지 않게 열심히 일했다. 일할 시간에 일하고 일 끝나면 곧장 퇴근해서 개인 시간을 즐기려고 노력했다. 눈치 보지 않고 당당하게 처신하고 싶었고 그러기 위해 업무는 절대로 소홀하지 않았다. 자신이 받는 월급을 뛰어넘는 능력을 갖추겠다는 욕심은 없지만 적어도 월급 받는 만큼은 일하자고 스스로를 독려했다.

그렇게 회사생활을 하는 동안 그 선배는 정상 범위를 벗어난 시야에서 자주 출몰했다. 자기 자리를 지킬 때보다 탕비실이나 휴게실에서 더 자주 눈에 띄었다. 거기서 누군가를 씹고 사적으로 평가하고, 평가하던 당사자가 나타나면 태도를 바꿔 옆자리에 앉힌 다음 다른 사람을 평가하기 일쑤였다.

후배도 이따금 어쩔 수 없이 선배에게 붙들렸다. 앉아서 듣다 보면 맨날 그 말이 그 말이었다. 묘하게 회사를 위하는 일이라는 어마어마한 대의명분을 바탕에 깔았지만.

그 선배의 평가에 따르면 회사 사람은 두 부류다. 먼저, 주말에 상사의 등산 제안을 모른 척하거나 다른 핑계를 모색하는 직원은 회사를 위하는 사람이 아니다. 그러나 후배의 생각은 달랐다. 신성한 주말에 일정을 잡는 상사는 눈치가 없거나 주책없거나 둘 중 하나이다. 주말은 철저히 개인 시간이며 휴식 시간이어야 한다. 그러니까 선배 기준으로 보면 이 후배는 회사를 위하는 직원이 아니다.

선배 기준에 회사를 끔찍이 위하는 사람은 정해져 있다. 주말,

야근을 불사하고 회사의 어떤 요구에도 '네' 하고 달려가는 사람. 평일 근무시간에 착실히 자리를 지키며 업무를 처리하는 태도는 언급하지 않는다. 그건 기본이라고 생각하거나, 아니면 무척 괴상하지만 안중에 두지 않거나 둘 중 하나일 거다.

그런데 철없는 후배 눈으로 보기에 그 선배는 '시간 내' 근무를 언제 하는지 알 수가 없다. 이제는 굳이 업무 관련해서 물어보고 배울 것도 없어서 그 선배와 잠깐이라도 얼굴을 맞댈 때면 날씨나 연예인 얘기만 한다. 그래도 선배가 왜 쓸데없는 소리 하냐고 안 하고 도리어 즐거워하는 것 같아서 그냥 계속 그렇게 하고 있다.

자기보다 선배, 그러니까 윗사람들과 있을 때 선배는 여전히 180도 달라진다. 그리고 후배를 비롯한 아랫사람들이 가장 질색하는 일을 기획한다. 회사를 위한 업무가 아니라 직원 단합행사 같은 일. 그것도 주말에 하는 단합행사. 기가 막히는 건 제가 기획하고 제가 추진해놓고 막상 본인은 행사에 빠질 때가 많다. 신입 시절 피곤한 몸을 이끌고 주말 배낚시를 따라나섰다가 선배 얼굴이 안 보여서 황당했던 순간은 지금도 가끔 생각난다. 월요일에 피로가 말끔히 풀린 얼굴로 나타난 선배는 가족모임이 있어서 낚시에 못 갔다며 호탕하게 웃었다.

그 선배를 보면 고등학교 때 학생 눈에도 방만하고 매너리즘에 빠져 살면서 교사란 이래야 하고 저래야 한다 주장하던 선생이 떠오른다. 수업 시간을 어떻게 대충 때우고 지나갈까 궁리하는 게 뻔히 보이는 그 선생이 참된 교사의 정의를 논할 때는 페스탈로치도 그런 페스탈로치가 없었다. 당시 그 선생의 주장을 듣던 학생들은 혼란스러웠다. 이상과 현실의 괴리를 직시해서가 아니라 어떻게 그 선생이 그런 생각을 머릿속에 담고 있을까, 하는 의문 때문이었다. 그런 대단한 생각을 머리에 담고 전혀 다른 행동을 하자면 머리가 폭발하지 않을까, 조금 걱정도 했던 것 같다.

흔치 않은 캐릭터라 생각했는데 회사에 들어와서 또 만나고 보니 어딜 가나 '또라이 일정성분비의 법칙'이라는 게 있긴 있는 것만 같다.

아무튼 이제는 더 이상 **또라이** 선배에게 업무 관련 질문을 하지 않아도 회사생활이 가능해진 후배다. 대신 선배 손을 꼭 붙들고 당부하고 싶은 말이 생겼다.

'저기…… 시간 있으면 근무 좀 하실래요?'

이제 대답만 잘 하는 신입이 하는 말에 선배들도 무조건 예스라고 대답해준다. 오직 대답만!

하고 싶은 말 다 하고 사는 선배는 새로 입사한 경력직 간부 사원에게 딱 걸렸다. 그 역시 할 말 다 하고 사는 캐릭터로서 마침내 고구마로 꽉 막힌 동료들 가슴에 한 줄기 사이다를 선사했다.

"내가 몇 번 봤는데 간식 먹을 때 생전 차리거나 치우는 꼴을 못 봤어. 다 차려놓으면 와서 제일 좋은 것만 골라서 먹고, 자기 배부르면 제일 먼저 일어나고. 뭐야! 차리는 사람 따로 있고 먹는 사람 따로 있나?"

선배 얼굴이 불타는 고구마로 변했다.

양 과장은 채식주의를, 부하 여직원은 다이어트를 선언하고 샐러드 가득한 도시락을 같이 주문해 먹었다. 그러자 몇몇 직원이 합류하여 부서 내에 건강 도시락 바람이 불었다. 물론 부장은 여전히 탕을 먹으러 다닌다. 탕을 좋아하는지 싫어하는지는 모르겠지만 일보다는 회사 내 정치에 더 관심 많은 부하 직원과 단둘이서.

을들이여!

주인의식. 초등학교 때부터 귀에 딱지가 앉도록 듣던 말이다. 그런데…… 주인이 아닌데 어떻게 의식만 주인이 된다는 건지 살 만큼 살아봐도 도대체 이해가 불가하다. 갑은 갑이고 을은 을인 것을.

고로, 을은 을답게 살면 된다. '을답게'가 별거 없나. 받은 만큼만 하는 거다. 일하러 갔으면 일만 하면 된다. 상사, 선배, 심지어 후배 눈치까지 봐가며 불철주야 초과근무에 감정노동까지 하라는 내용은 근로계약서에 없다. 업무 외에 당신을 향하는 모든 무언의 압박은 과감히 무시하면 된다. 을이면 을답게 받는 만큼만 제대로 일하자!

6장 정치인

개와 돼지의
시선으로 본
그들에 관한 고찰

선거 때만 국민, 평소에는 개돼지

'얼마나 힘이 들까. 아, 얼마나 배알이 꼴릴까.'

돼지는 처지를 바꿔놓고 생각해봤다. 돼지 주제에 감히 '정치인' 입장이 한번 되어보기로 했다. 정치인이라는 범위가 넓고 애매하니 '국회의원'으로 한정 지어 떠오르는 이미지들을 그려보았다. 그러고 보니 한 번도 그 처지가 어떨지 생각해보지 않았다.

연예인, 재벌, 식당 주인, 공무원…… 살면서 한 번씩 다른 인생을 상상해보았는데, 희한하다. 정치인으로 사는 건 어떨지 생각해본 적이 없다. 그 세계는 언감생심 처지가 바뀌는 꿈도 못 꾸게 하는 뭔가가 있는 걸까.

그래서 그런가, 처음에 돼지는 멍했다. 도무지 어떤 처지인지 짐작할 수가 없어서. 일단 그들의 얼굴과 표정, 행동과 말투, 동선을 머릿속에 그려보았다. 자신만만한 얼굴, 당당한 표정, 똑 부러지는 말투, 국내 해외 거침없이 드나드는 활기찬 동선.

좀 더 자세히.

그 사람들은 웬만하면 웃는다. 초면에도 자연스럽게, 환하게 웃는 재능이 있다. 낯가림이나 쑥스러움은…… 글쎄……. 아, 목소리가 보통 사람보다 훨씬 크고 힘찬 것도 다르다. 웃는 낯으로, 큰 목소리로 인사를 해오면 돼지 입장에서도 특별한 반김을 받는 기분이 든다. 혹은 압도당하는 느낌?

그 사람들은 못 가는 데가 없다. 아무리 멀어도, 까다로운 곳이라도 웬만하면 다 간다. 가서는 또 웬만하면 귀빈 대접을 받는다.

하긴 귀빈 대접이야 도처에서 받는다. 누리는 특권이 어마어마하다. 그 사람들은 ~~현장에서 깽판 친~~ 현행범만 아니면 회기 중 국회의 동의 없이 체포나 구금을 당하지 않는다. 회기 전에 체포나 구금이 되면 현행범이 아닌 한 국회의 요구 시 회기 중에 석방된다. 불체포특권이란다. 돼지 식으로 해석해보자면 자기들끼리 정한 회의 시기에는 웬만큼 나쁜 짓을 저질러도 자기들이 허락해주지 않으면 잡혀가지 않는다. 재수 없게 붙잡혔더라도 자기들이 동료니까 풀어달라고 명령(?)하면 풀려난다는 것.

— 이하 그냥 돼지 식으로 해석 —

국회에서 뭔 ~~쌩양아치~~ 발언을 해도 그것이 자기들 '일'이라고 우기기만 하면 ~~쌩까도~~ 책임 안 져도 된다. 고상한 말로 면책특권이다.

그 사람들은 연봉 1억이 훨씬 넘는다. 따로 받는 돈도 겁나 무척 많다. 국가가 소유한 배, 비행기, 기차를 공짜로 탄다. 보좌관이며 비서관을 여러 명 둘 수 있고 그 이름으로 돈도 받는다. 활동 지원비, 차량 유지비, 통신 요금, 사무실 운영비, 물품 구입비…… 그것 말고도 누리는 특권은 많고도 많다.

아아, 보통 사람들이 아니다. 이런 특권을 보장받고 이런 특권을 맘껏 누리는 사람들, 귀빈이 틀림없다. 5천만 돼지 인구 중에 300명 정도밖에 없는 잘난 사람들 맞다. 아아, 이제야 그 입장이 어떨지 상상이 간다. 자신만만하고 당당한 태도가 이해된다.

연봉 5천을 못 버는 돼지들, 아니 한 시간에 만 원도 안 되는 돈을 벌어 먹고살겠다고 바글바글 움직이는 돼지들을 그 사람들은 종종 '국민'이라고 부른다.

명절 때면 고향 가는 차표 끊겠다고 잠도 안 자고 마우스를 클릭하는 돼지들이 국민이다. 움직이기로 마음만 먹으면 언제든 제일 좋은 차편의 제일 좋은 자리를 공짜로 탈 수 있는 사람들 눈에는 꽤 한심해 보일 수도 있겠다.

'토론', '연설', '질의' 같은 고상한 차원과는 거리가 멀어서 오로지 먹고, 입고, 자고, 아픈 것 치료하고, 새끼들 가르칠 돈 번다고 급급한 사람들. 돈 벌겠다고 열탕 지옥처럼 뜨거운 식당 주방에서 지지고 볶고, 찬바람 부는 길거리에서 붕어빵 굽고, 면책특권 같은 게 있을 리 없는 직장에서 하고 싶은 말 꾹꾹 참고, 제시간에 지각 없이 출근하려고 알람을 몇 번씩 설정하고…… 그 무슨 소소한 미래의 꿈을 이루겠다며 소중한 '지금, 여기'를 희생하며 살아가는 돼지들.

정치인의 눈에 국민이란 시시해 보이기도 하겠다. 수준이 달라도 너무 달라 보이겠다. 꿀이 뚝뚝 떨어지는 특권의 바다, 그 울타리 너머에서 깨알보다 자디 잔 일에 목숨을 걸어가며 하루살이처럼 살아가는 국민들이 하찮게 여겨지기도 하겠다.

그러니 얼마나 힘이 들까. 아, 정말 얼마나 배알이 꼴릴까. 달콤하고 고귀한 특권을 누리는 귀빈이 되거나 유지하는 조건이 꼴랑 그 국민들의 선택이라니! 그게 필수라니! 시시하고 하찮은 자들이 4년에 한 번씩 표를 던져줘야 그 자들과 격리된 생활을 유지할 수 있다니! 이 얼마나 아이러니인가. 이 무슨 운명의 장난이란 말인가.

그렇게 입장을 바꾸고 보니 그들의 속에서 끓는 스트레스가 보이는 것도 같다. 수준 차이가 나도 한참 나는 자들이 그놈의 투표권 한 장 쥐었다고 대접을 바라는 꼴을 보면 화딱지가 나기도 하겠다. 성질대로 하자면 욕이나 한 바가지 시원하게 퍼붓는 걸로 주제를 각성시키겠는데 그놈의 투표권 한 장 때문에 참는 순간이 한두 번일까.

하지만 참는 데도 한계가 있기 마련이어서 한 번씩 터져 나오는 경우가 있으니, 그럴 때 국민들은 비로소 특권 가진 어떤 이의 진심을 마주하게 된다. 그가 흉중에 늘 품고 다니던 속내가 담긴 말을 날것 그대로 듣는다. 평소 인식과 관념이 고스란히 담긴 그 용어와 명칭을.

조리사라는 게 별게 아니다. 그 아줌마들 그냥 동네 아줌마들이다. 옛날 같으면 그냥 조금만 교육해서 시키면 되는 거다. 밥하는 아줌마가 왜 정규직화가 되어야 하는 건가. 그냥 급식소에서 밥하는 아줌마들……

— 국회의원 이언주

나도 알바하다 사장이 망해 돈 떼인 적 있다. 사장님이 살아야 나도 산다는 생각으로 고발하지 않았다. 같이 살아야 한다는 이런 공동체의식이 우리 사회에 필요하지 않은가…….

— 국회의원 이언주

세월호부터도 그렇고 국민들이 이상한, 제가 봤을 때는 뭐 레밍 같다는 생각이 드네요. 집단행동하는 설치류 있잖아요.

— 국회의원 아니고 도의원 김학철

천안함 유족들이 소, 돼지처럼 울부짖고 격한 반응을 일으켰다.

— 한때 서울 경찰청장 조현오

민중은 개돼지로 취급하면 된다.

– 한때 교육부 정책기획관 나향욱

한국인은 들쥐 같아서 누가 지도자가 돼도 따를 것이다.

– 한때 주한미군 사령관을 지낸, 심지어 외국인, 존 위컴

아아, 존경하는 국민은 개뿔이었던 것이다. 그들 눈에 국민은 투표권 한 장 들고 흔들어대는, 개, 돼지, 들쥐라는 이름을 가진 못마땅한 고객인 것이다.

당신이
소통하고 있는 사람은 누구

…… 대부분 소리가 사용되는데 소리는 다른 매체와 비교해 몇 가지 장점이 있다. 소리는 빨리 사라져 전달자의 위치를 감출 수 있으며, 높이·지속 시간·세기·반복 등 다양한 변수가 많아서 여러 가지 신호법을 개발할 수 있다. 또 빽빽한 숲이나, 멀리 떨어진 곳, 어둠 속, 물속 등과 같이 다른 매체를 사용하는 것이 쉽지 않은 환경이나 상황에서도 사용할 수 있다. 대부분의 의사소통은 목소리로 하지만 예외도 많이 있다……

'다음 백과'에서 '의사소통'을 쳤더니 이렇게 알려준다. 주어는 '동물'이다. 동물이 의사소통을 대부분 목소리로 한다는 얘기다.

인간도 의사소통을 목소리, 그러니까 말로 하지 않나? 게다가 인간이 누구인가. 말하는 재주만큼은 다른 종이 흉내도 못 내게 뛰어나다. 그런데 인간 중에서도 유난히 화려한 **쿠랴** 말재간으로 다른 사람들 기를 죽이는 부류가 있다.

그중 대표 선수는 정치인. 똑같은 말을 하더라도 50쯤 믿을 일을 90쯤 믿도록 만드는 괴력을 발휘하기도 한다. ~~일반 사람~~ 개돼지가 하면 귀신 씻나락 까먹는 소리가 정치인이 하면 갑자기 호감 급상승하기도 하고.

그런가 하면 그 화려한 입담 때문에 어떤 개는 복장이 터져 죽기 직전이 되기도 한다. 복장만 터지는 게 아니라 한 대 쥐어 패고 싶어서 주먹이 부르르 떨릴 때도 많다. 원래 말주변 없고 성미 급한 ~~사람~~ 개가 ~~주먹 먼저 나가는~~ 물어뜯기 일쑤고, 그래서 무식하다는 소리를 듣기도 하지만.

특히 정치인이 전하는 '소리'를 알아듣기는 하겠는데 도무지 동의 내지는 공감할 수 없을 때 무식한 사태가 발생한다. 그러니까 '사랑한다'고 말하는데 사랑받는 느낌이 1도 없을 때. 평소 체감하는 취급은 개돼지더니 '존경한다'고 말할 때(진위 여부는 이미 아는 바이고 문제는 어떻게 존경 안 하면서 존경한다는 말이 그리 쉽게 번드르르 나오는지 그게 짜증 난다는 거다).

그래도 그건 그냥 직업병인가 보다, 너그럽게 생각하면 한 귀로 듣고 한 귀로 흘릴 수도 있다. 나라의 중요한 일을 결정할 때, 의견을 밝힌 적도 없고 의견이 어떠냐는 질문을 받은 적도 없는데 근거 없이 싸잡혀서 어떤 정치인의 정책에 찬성하거나 반대하는 '국민'이 되어 있을 때의 황당함이란.

강을 개조한다면서 강물보다 많은 돈을 쏟아붓기로 했을 때. 그때 어느 개는 명확히 반대하는 입장을 여기저기 밝혔다. 가까운 친구들에게 밝혔고, 친구 개들도 뜻이 같다는 대답을 했다. 나아가 여러 인터넷 투표에서 맹렬하게 밝혔다. 멍멍!

그런데 개와 친구 개들의 의견과 달리 '압도적인 찬성'과 '국민의 합의'에 따라 계획을 추진한다는 발표가 나왔다. 주변 개들은 하나같이 다 반대했는데 압도적인 찬성을 보낸 국민은 어디에 살았던가. 단 한 번도 차분히 의견을 교환한 일이 없는데 합의는 또 언제 어떻게 이루어졌던가. 그래서 개는 지붕만 쳐다봤다. 그리고 몇 년 뒤 그렇게나 돈을 퍼붓고도 강물이 더 더러워졌다는 소식을 접했다. 심지어 다시 다 뜯고 원래대로 돌려놓는 게 최선이라는 분석도.

찬성과 합의라는 용어를 놓고 보면 '소통'이 활발히 이루어진 과정이 있어야 했다. 그런데 그 과정에 관한 기억이 도무지 없다. 그 과정이 정말 있기는 있었나? 그리고 그런 일이 강 사건 하나밖에 없었나? 한두 번에 그쳤나? 하긴 개니까, 개 기억력이니까.

개는 다시 사전에 의지해 '소통'의 뜻을 찾았다.

소통 : 의견이나 의사 따위가 남에게 잘 통함.

개는 서로 통했다는 느낌이 전혀 없었다. 그런데 잘 통했다고 선전을 해대니 환장하겠다. 그래서 달 뜨는 밤에 짖었다.

"제발. 나랑 통했다고 뻥치지 마라. 솔직해라. 네가 소주를 막걸리라고 해도 믿어주는 개떼와만 소통했다고 해라. 거 있잖냐. 북한이라는 소리만 들어도 알레르기 반응을 일으키는 개들과 소통했다거나 절대로 서로 '남'이 아니라고 여기는 끈끈한 지역 개들과만 통했다거나 무소불위의 자본력 앞에서는 자존심도 명예도 초개같이 내던지고 자식 취직 부탁할 수 있는 개들과만 대화했다거나 집값 오르기를 학수고대하는 개들과만 마음을 주고받았다고 솔직히 털어놓으라는 것이다. 컹컹!"

다시 말하지만 '소통'은 통한다는 뜻. 고릴라 수컷이 가슴이나 땅바닥 또는 적당한 물체를 두드리면 다른 고릴라가 알아듣는단다. 비버는 꼬리로 물 표면을 쳐서 물 밑의 터널을 거쳐 제 굴로 신호를 보내고 그 신호를 알아듣는 상대가 있단다.

개구랴 화려한 언변 없이도 서로 신호를 보내고 알아듣는 것 그것이 소통이다. 동물도 하고 있는 소통. 부탁인데 '국민'이라는 통칭으로 아무거나 들이대 소통했다고 하지 마라. 개들아 국민이 싫다고 하면 싫어하는구나, 있는 그대로 알아들어라. 저 꼴리는 대로 저 하고 싶은 일 밀어붙이면서 소통했다고 우기지 말고. 피곤하다.

차라리 국민, 국민 하지 마라

……특히 대통령 자신부터 국민 위에 군림하는 것이 아니라 국민이 일정 기간 맡겨놓은 것에 불과하다는 생각을 가져야 한다고 믿습니다. 본인은 민주주의를 이 나라에 토착화하기 위하여 헌법 절차에 의한 평화적 정권 교체의 전통을 반드시 확립할 것입니다……

대한민국 제11대 대통령 취임사 중 일부다. 그렇게 취임한 대통령은 그로부터 한참 후 이런 인터뷰를 한다.

광주사태하고 나하고는 아무 관계가 없어. 어느 누가 국민에게 총을 쏘라고 하겠어. 바보 같은 소리 하지 말라고 그래.

대한민국 군대가 통수권자의 허락도 없이 광주라는 특정 지역에 일사불란하게 집결해서 스스로의 판단에 따라 시민들에게 총을 쏘는 초유의 사태였단 소리? 아니면 '국민'에게 총 쏘라는 소리는 안 했고, 국민 아닌 '것'들에게 쏘라고 했을까? (맞다. 훗날 밝혀졌다. 국민이 아니라 개돼지라고. 아 그리고 더 훗날 그 대통령은 노인이 되었고 알츠하이머에 걸렸다고 한다. 그래서 개와 돼지들이 나오라고 하는 법정에 못 나온다고 전했다는 슬픈 전설이……)

이 나라에서 국민이라는 이름의 돼지로 살아가다 보면 헷갈릴 때가 많다. '국민'이 '영토', '주권'과 함께 국가를 이루는 3대 요소라고 배웠다. 그러니까 국민이 빠지면 국가가 성립되지 않는다. 되게 중요한 존재다. 대통령보다 훨씬 더 중요한 존재다. 국민 없이는 대통령이 있을 턱이 없으니까. 그런데 대통령이 국민을 없애려고 했다니, 차마 믿기 힘든 일이긴 하다. 맞는 말이다. 어느 누가 국민에게 총을 쏘라고 하겠나. 바보도 그렇게는 안 할 것이다.

그래서 어느 배고픈 돼지가 <u>스스</u>로 물어보았다.

'도대체 그의, 그들의 국민은 누구인가?'

그리고 짧은 생각 끝에 스스로 답했다.

'그렇구나. 대한민국의 국민은 편의상 누군가의 국민이기도 했다가 아니기도 했다가 하는구나. 정권에 따라, 진영에 따라 국민이었다가 국민 아니었다가 운명이 바뀌는구나. 내가 국민이다! 외쳐도, 넌 내 국민 아니야! 하는 배제를 수시로 당하고 사는구나. 국민 아닐 때는 총에 맞아 죽는 위험에 처하기도 하는구나.'

백로처럼 독야청청하게 살아갈 수도 있었다. 어찌 보면 편하게 정치할 수도 있었다. 다 망해가는 자유한국당에 들어가려 하는 것은 기울어진 운동장을 복원하려는 것이다.

국민 손으로 뽑은 대통령을 국민 손으로 끌어내리고 새 대통령을 가리려 할 즈음에 어느 국회의원이 방송에 출연해서 한 말이다. 이 국회의원은 자기 당 소속인 대통령이 나라 운영을 엉망진창으로 해온 것을 인정했기 때문에, 말하자면 그 당에 계속 남아 있기 창피하고 면목 없어서 당을 새로 만들어 나가는 무리에 합류했다. 그랬다가 원래 속해 있던 그 문제의 당 후보가 새로 옮긴 당 후보보다 대선전에서 앞서나가자 도로 옛날 당으로 돌아가면서 그런 말을 남겼다. 본인은 기울어진 운동장을 복원하려고 그런 것이라는데, 대다수 돼지들은 그게 무슨 개소리인가, 고개를 갸우뚱할 뿐이었다.

한편 그가 다시 돌아간 당의 대통령 후보는 이런 소리를 했다.

대한민국을 세탁기에 넣고 돌려 깨끗한 나라를 만들고 싶다. 내가 집권하면 좌파든 우파든 대한민국을 세탁기에 넣고 돌리겠다. 확 돌리겠다. 1년만 돌리겠다.

그 후보의 눈에 대한민국은, 대한민국 국민은, 세제 풀고 표백제 넣어서 적어도 1년은 팡팡 빨아야 할 지저분하고 더러운 빨랫감 같았나 보다. 정작 그 말을 들은 수많은 돼지들은 그를 비롯한 정치권 인사들을 세탁기에 넣어 돌리고 싶어졌다. 아니, 그 사람이 세탁기 비유를 했기에 망정이지 이 나라 돼지들이 그렇게 잔인하지는 않다. 살아 있는 생명체를, 국가를 세탁기에 넣는다는 발상 자체를 하지 못한다. 그리도 창의적이어서 잘난 정치인이 되고 대통령 후보도 되는 것인지 모르겠다만.

아무튼 그 후보를 지지한다며 도로 옛날 당으로 돌아가는 길목에서 13인의 국회의원은 대충 이런 말로 기자회견을 했다.

존경하는 국민 여러분!

지금은 우리나라의 정치·경제·안보가 위급하고 중차대한 때입니다. 보수의 대통합을 요구하는 국민적 여망을 외면할 수가 없었습니다.

……

국민 여러분! 보수를 사랑하고 성원하시는 많은 국민들께서 보수의 분열은 있을 수 없으며 친북좌파의 집권을 막기 위해 보수는 단결해야 한다는 준엄한 요구를 하셨습니다.

……

국민 여러분! 친북좌파-패권 세력의 집권은 반드시 막아야 합니다. 보수 궤멸 운운하는 친북좌파-패권 세력에 이 나라의 운명을 맡기면 이 나라의 미래는 없습니다. 홍준표 후보와 함께 지금까지 이 나라를 발전시키고 지켜온 보수 세력의 집권을 위해 지나간 과거와 서로에 대한 아픈 기억은 다 잊고 대동단결하기를 이 자리를 빌려 촉구하는 바입니다.
……

그들이 불러대는 '보수'가 어디서부터 어디까지인지 배고픈 돼지는 알지 못했다. 지역으로 나누는 것인가, 연령으로 나누는 것인가? 신념이나 사안을 대하는 시선에 따라 때로는 보수이고 때로는 진보라고 믿어온 아둔하고 배고픈 돼지 눈에 껄끄러운 표현이 한두 개가 아니었다.

어디선가 보수 대통합이라는 '국민적 여망'을 보냈다는데 그 무렵 이 나라를 떠난 적 없는 돼지는 그런 '여망'을 티끌만큼도 눈치채지 못했다. 주변 돼지들도 마찬가지.

'지금까지 이 나라를 발전시키고 지켜온 보수 세력의 집권을 위해 지나간 과거와 서로에 대한 아픈 기억은 다 잊고 대동단결하기를'이라는 대목도 돼지는 무척 마음에 안 들었다.

'누구 마음대로 잊자고 지랄이냐! 지나간 과거의 기억이 졸라 얼마나 아프고 짜증 나는데!'

여하튼, 그들의 하소연은 많은 돼지들의 '여망'에 따라 이루어지지 않았다. 그들의 염려와 논리에 따르면 이 나라는 '미래가 없는' 암울한 시기에 접어들고 말았다. 그래서 그들은 지금도 국회에서 국민을 상대로 여러 걱정과 한탄을 하는 중이다. 여전히 배고픈 돼지는 국민을 위해 노심초사하는 그들의 짐을 1그램이라도 덜어주고 싶어서 돼지 멱따는 소리로 부르짖었다.

"나는 돼지다! 당신들 '국민'도 아닌데 날 '존경하는 국민 여러
분'으로 싸잡아 부르지 마라! 정직하게 불러라. '나를 뽑아줬고 앞
으로도 뽑아줄 생각이 있는 존경하는 국민 여러분'이라든지, '내
생각과 철학과 삶의 이력에 동감하는 자들'이라든지, '통일에 관
심 없는 분들'이라든지, '나와 배짱이 맞는 분들'이라든지……, 꿀
꿀 18!"

유치찬란

1996년 6월 12일 대한민국 국회 본회의장. 때는 바야흐로 제15대 총선이 끝나고 여소 야대 상황이 펼쳐진 뒤였다. 총선 결과 여당인 신한국당이 139석, 새정치국민회의가 79석, 자유민주연합이 50석을 차지했다. 그런데 당시 어느 야당 의원 표현을 빌자면 이런 일이 발생했다.

> 이번 국회 파행의 원천적이고 근본적인 책임은 (신한국당에 있다). 139명으로 당선자가 확정된 신한국당 측이 그것을 그대로 인정을 해서 원 구성을 했다면 전혀 문제가 없다. 그런데 갑자기 김영삼 대통령께서 열두 제자를 도입해 151명을 만들었다.

그러니까 과반 의석 확보에 실패한 여당이 야당과 무소속 의원을 영입해서 151석으로 늘린 일을 두고 야당 의원이 맹공을 퍼부은 것이다. 그때 여당에서 입담으로 둘째가라면 서러워할 박희태

의원이 등장하여 대한민국 역사에 길이길이 남을 명언을 남긴다.

세상에 이런 웃긴 이야기가 있습니다. 자기가 부동산을 사면 투자고 남이 사면 투기랍니다. 자기 여자관계는 로맨스고 남의 여자관계는 스캔들이래요.

확인하기 귀찮아서 안 했는데, '의원 빼가기'가 그때도 그전에도 활발했나 보다. 그러니 박희태 씨가 그렇게 비아냥거렸겠지. 아무튼 이제 와서는 초등학생도 아는 국민 사자성어 '내로남불'이 그렇게 탄생했다고 한다.

그로부터 20여 년 뒤 박희태 씨는 다시 한번 국민 개돼지들의 시선을 받게 된다. 그사이 6선 국회의원에 국회의장까지 지낸 터라 경력은 더 화려해졌다. 그런 그의 이름이 개들 입질에 뜨겁게 오르내리게 된 이유는 '성추행' 때문이다.

골프를 치다가 젊은 여성 캐디의 가슴을 손가락으로 찔렀단다. 왜 찔렀냐면 '귀여워서', '예쁜데 총각들 조심하라고', '딸만 둘 가진 아버지로서 딸 같아서' 그랬단다. 아 뇨, 무슨 개가 들어도 어처구니없는 씨 발라먹는 소리를 그렇게 했단다. 하긴 평생 개, 돼지를 상대로 정치해온 대인배라서 사고 체계가 다를지도 모른다. 아빠나 할아버지뻘 되는 다른 남자가 귀엽다면서 자기 딸들 가슴을 찔렀다면 흔쾌히 받아들이고 허허 웃어넘길지도.

그 전에도 노 정객은 '귀엽다는 수준'에서 캐디들에게 터치를 했단다. '내가 등허리를 쳤다, 팔뚝을 만졌다, 이런 건 큰 문제가 없지 않나 싶다'는 생각으로. 이쯤 되면 막 초면에 귀엽다고 쓰다듬고 어루만지고 진짜 강아지 취급을 한 거지 싶다. 강아지도 더럽고 기분 나쁜 '터치'는 진짜 싫어하는데…….

아무튼 다른 사람이 그런 짓을 했다면 '검사' 출신에 '정치 거물'로서 응당 단죄를 주장하며 호된 질책을 했을 게 틀림없다. 근데 자기 일이 되고 보니 개털 뭉치는 소리나 해댄 거다. 전형적인 '내로남불'이다.

만약에, 마아아아안약에, 후배 정치인 중에 이런 사람이 나왔다고 치면 그때는 반응이 어떨지 궁금하다. 그러니까 예를 들어 '안 꽤넘'이라는 전도유망한 50대 정치인이 있다고 치자(웬만하면 꽤넘치 않는 캐릭터라는 전제 아래 붙인 이름이다).

안꽤넘 씨와 안꽤넘 씨를 보좌한 젊은 여성 사이에 성적 불상사가 있었다, 치자. 여성은 성폭력이라고 하고 꽤넘 씨는 '꽤넘치 말라'며 이렇게 주장한다면?

합의에 의한 관계였다고 생각했다. 사랑하고 격려해주신 많은 분, 또 아내와 가족에게 미안하다.

두고두고 미안할 아내와 가족을 두고 감행한 사뭇 당당한 로맨스. 괘념 씨의 로맨스가 애처로워서 어느 개의 눈에서 잣만 한 눈물이 뚝뚝 떨어졌을까? 그건 모르겠고, 그놈의 '폭력'과 '합의' 사이의 거리는 얼마나 될까. 그 사이에 얼마나 많은 사연과 진실과 거짓이 박혀 있을까. 궁금하기도 하고 뻔하기도 하지만 그건 각자의 상상에 맡기고.

한 가지만 얘기하고 싶다. 안괘념 씨는 인기 정치인이었다. 50대 남성이고. 그렇다면 정치인으로 인기를 끈 50대는 여성, 특히 젊은 여성에게 막 매력이 넘치는 '남성'일까? 흠, 전혀 없지는 않겠지. 취향도 가지각색일 테고.

그런데 지극히 평범한 여성 개의 눈으로 보자면, 지위 고하를 막론하고 중년 남성에게 젊은 여성이 성적으로 매력을 느껴서, 순수한 애정관계를 맺을 확률은 5퍼센트도 안 될 거다(5퍼센트도 후하게 준 거다). 중년 남성이 젊디젊은 여성과 애정을 '합의'했다는 말이 하도 자주 들리니까 확률을 그렇게 잡아보긴 했는데 어머, 어쩌다 그런 일이…… 희한하기 짝이 없다.

아무리 생각해도 그놈의 합의라는 걸…… 정말로 합의라고 믿는다면 착각이 아닐까 싶다. 엄청난 착각. 자기가 짠, 하고 나타나기만 하면 젊은 여성들이 마구 손가락 하트를 발사하면서 환영할 거라고 믿는 거니? 레알?

그럼 이건 어때? 중년 꼰대 남성이 자기보다 열 살 혹은 스무 살 많은 여성에게 필이 꽂히기도 하나? 누님들이 합의하자고 하면 물개박수 치면서 합의하고 싶나? 누님이 좀 그렇다면 딱 자기 또래 여성은? 성적 호감으로 순수한 애정관계를 맺고 싶은가? 여자, 남자 다르다는 소리는 하지 말길. 똑같거든. 나이 든 남자가 나이 든 여자보다 더 매력 있다는 근거는 어디에도 없다. 그냥 똑같다. 그게 팩트다.

나이 들면 매력이 떨어진다는 소리를 하는 게 아니다. 나이 들수록 호감을 얻을 방법이 있다. 점잖으면 된다. 인간 대 인간으로 존중해주는 인격을 갖추면 된단 말이다.

아무튼, 안패넘 씨의 '합의'라는 언사가 내로남불일 수밖에 없는 근거는 상대 여성의 항변에 있다. 둘이 서로 의견이 맞아야 '합의' 아닌가? 근데 한쪽이 아니라잖아!

그러거나 말거나, 이 내로남불이라는 사자성어는 지금도 동글동글 탄력 좋은 배구공이 되어 정치권에서 날아다니는 중이다. 때로는 박 씨와 안 씨처럼 진짜 로맨스와 불륜 문제로, 때로는 거기서 거기인 수많은 정책이라는 이름으로, '내'와 '남'이 차례를 바꿔가며 토스해대는 배구공. 방어할 때 반성할 줄 모르고 전세 역전되면 이번엔 내 차례다, 넙죽 받아서 공격하고. 그 말이 본래 품은 엄중한 의미는 애초에 퇴색했고 이제 와서는 그야말로 클리셰다.

진부하고 진부해서 너덜너덜해진 말. 정치인의 입에서 더 이상 듣고 싶지 않은 표현. 개 입장에서는 제발 이쪽도 저쪽도 그 소리 좀 안 했으면 좋겠다. 내 불륜을 솔직히 인정하든지 남의 로맨스를 축복하든지 할 게 아니라면 말이다.

실제 교훈으로 삼을 게 아니라면 그 이상한 사자성어는 이제 그만 쓰길. 지겹다. 입은 다물고 지금 하는 '내 정치'가 불륜인지 로맨스인지부터 돌아보면 안 될까? 오로지 개돼지만을 위한 정치 좀 하면 안 되겠니? 그럴 능력은 없는데 불행히도 직업이 정치인이라면 창의력을 발휘해서 용어라도 참신한 걸로 새로 개발해보거나.

정치인은 쓰는 말도 다르다

영어에 한글, 거기다 한자까지 섞인 '내로남불'. 그런 괴상한 조어를 입에 자주 올린다고 해서 정치인을 가볍게 여기면 안 된다. 알고 보면 되게 점잖고 아는 게 많은 사람들이 정치인이다. 일반인들은 평생 그런 게 있는지도 모르는 유식한 말들을 정말 많이 아는 사람들이다.

한천작우(旱天作雨). 멍멍꿀꿀들이 이게 맹자께서 하신 말씀인지 어찌 알겠나. 가뭄이 들면 하늘이 비를 내린다는 뜻이란다. 더 풀어보면 어지러운 세상이 계속되고 백성이 도탄에 빠지면 하늘이 백성의 뜻을 살펴 비를 내린다는 뜻이란다. 개돼지 처지에서 보자면 참 단비 같은 말씀이시다. 맹자 같은 분이 생각 없이 아무 말이나 하셨겠나. 한낱 희망이나 주자고 저런 말씀을 남겼겠나. 세상의 이치라는 것이 그렇다는 '팩트'를 길이길이 알려주셨을 거라고 믿게 되는 것이다. 맹자님 말씀이니까. 아무튼 저 말씀을

2007년 어느 정치인이 인용한 사실이 있다. 그해 초 이명박 서울 시장이 신년 사자성어로 선택한 말씀이다. 알다시피 이명박 씨는 그해 대선에서 승리를 거두고 대한민국 대통령이 되었다. 대통령이 되려고 결심한 여러 이유야 본인 외에 누가 정확히, 자세히 알랴마는, '한천작우' 정신도 그중 하나였나 보다.

그가 인용한 고사성어만 놓고 보자면 그 무렵 우리나라, 우리 개돼지들은 도탄에 빠졌던 것 같다. 몹시 어지럽고 비참한 도탄. 적어도 정치인 이명박의 눈에는 그렇게 보였나 보다. 도탄에 빠진 국민이 몹시 측은하여 스스로 '가뭄에 내리는 단비'가 되기로 장한 결심을 한 거였다. 하늘의 부름을 받는 심정으로. [기가막혀]

2008년, 단비인지 썩은 비인지 비도 뭣도 아닌지 그때로서는 검증이 전혀 안 된 이명박 대통령 시대가 열리긴 했다. 그리고 그해 신년 교수신문은 희망의 사자성어로 **광풍제월**(光風霽月)을 선택했다. 풀이를 보니, 맑은 날 부는 바람과 비 갠 뒤 뜬 달이라는 뜻이며 훌륭한 성품이나 잘 다스려진 세상을 표현할 때 주로 쓴단다. [입만살아]

교수들뿐만 아니라 대통령 당선자와 여당이 될 한나라당도 사뭇 마음이 넉넉하고 흡족했나 보다. 이명박 씨가 나라가 태평하고 풍년이 든다는 **시화연풍**(時和年豊), 한나라당이 오랜 가뭄에 단비가 내린다는 **구한감우(久旱甘雨)**라는 신년 사자성어를 발표했다.
[어안벙벙]

신년에 쏟아진 사자성어 풀이만 보자면 전무후무한 태평성대가 활짝 열리셨다. 아니면 국민과 나라를 배경으로 개인의 소회와 희망을 담은 말들을 쏟아냈는지도. 그러니까 내 일신이 태평하고 내 재산에 풍년이 드는 시화연풍, 오랜 야당 생활의 고달픔에 단비가 내리길 바라는 구한감우 같은. 어느 옹졸한 개돼지의 억하심정이 아니라 그로부터 10여 년의 세월을 더 지켜본 뒤에 처참한 심경으로 품는 의문이니 억지라고 몰아붙이지는 말길. 저 두 마디가 내뿜는 역설과 아이러니를 생각하면 자다가도 벌떡 일어날 것 같으니. [뒷목땡겨]

그로부터 2년 뒤에 등장하는 사자성어를 볼작시면 바가지는 초장부터 새기 시작했던 게 틀림없다. 2년 전 그 교수들이 뽑은 2010년 '올해의 사자성어'는 **장두노미(藏頭露尾)**였다. 머리는 숨겼지만 꼬리는 숨기지 못하고 드러낸 모습을 뜻하는 말이란다. 타조가 쫓기다가 숨는답시고 덤불에 대가리는 처박았지만 꼬리까지는 어찌하지 못한 채 전전긍긍하는 꼴을 비유한다고.

4대강이 어쩌고 민간인 불법사찰이 어쩌고 영포회가 어쩌고…… 새 정부가 들어서면서부터 세상이 시끄럽던 판이었다. 그

것이 의혹에 지나지 않는 것이라면 국민과 대화하고 설득하면 될 것을(하긴 개돼지랑 뭔 말이 통하겠나), 의혹이 또 다른 의혹을 낳도록 이렇다 할 진심을 보이지 못했다. 아니, 애초에 진심으로 설득할 내용이 아니었다는 게 시간이 지난 뒤에 더 뚜렷해지기만 했다. 오히려 의혹이 진실로 속속 드러났을 뿐. [명명백백]

즐풍목우(櫛風沐雨)라는 말도 있다. 바람으로 머리카락을 빗고 빗물로 목욕한다는 뜻이라나. 말 그대로 객지를 떠돌며 온갖 고생을 하는 경우를 비유하는 말. 듣고 보니 눈앞에 그림이 또렷하게 떠오른다. 바람 부는 벌판에서 헝클어진 머리카락 휘날리며 달리는 사람. 장대처럼 쏟아지는 비를 흠뻑 맞으며 묵묵히 길을 가는 어떤 사람.

그 형상에서 복수를 꿈꾸며 중원을 떠도는 무사를 떠올리는 이가 있을 것이다. 그런가 하면 이 사람들을 떠올리는 이도 있을 것이다. 무지하고 탐욕스러운 정치인들이 다스리는 나라에서 살아가는 비정규직 개들과 집 없고, 집 살 돈도 없어서 망연자실 거리를 헤매는 돼지들⋯⋯. 그런데 의외로 이 말을 좋아하고 자주 쓴 쪽은 개돼지가 아니라 어느 정치인이다. 다시 말하지만 국민 아니고 정치인이다. 엄혹한 민주화 시기를 투사처럼 살아온 정치인일까? 거리가 멀다. 결론부터 말하자면 한낱 개돼지 눈으로 보기엔 그에게 즐풍목우의 세월이 있기나 했을까 싶다.

지난 35년간 공직생활을 해오면서 즐풍목우의 자세로 국민과 국가만을 바라보고 열심히 일해왔다.

성완종 리스트 혐의에 무죄 선고를 받고 정치인 홍준표가 한 말이다. 아, 이런 말도 덧붙였다.

지난 1년 10개월간 무거운 등짐을 지고 산길을 걷는다는 심정으로 묵묵히 견뎌왔다. 권력 없는 자의 숙명이고 '모래시계 검사'의 업보라고도 생각했다.

'무거운 등짐을 지고 산길을 걷는 심정으로 묵묵히 견뎌'왔다니. 그야말로 '즐풍목우'로구나.

22년 정치 인생을 즐풍목우의 심정으로 살아왔다. 나라가 지금과 같은 심각한 위기에 처하지 않았다면 이번 대선에 출마하지 않았을지도 모른다.

같은 사람이 2017년 4월 대통령선거 후보자 방송연설에서 한 말이다. 여기서도 '즐풍목우'라는 사자성어가 등장했다. 대통령은 못 됐지만 당 대표에는 당선된 7월에 국립현충원에 참배한 홍준표 씨는 방명록에 이렇게 남겼다. 즐풍목우(櫛風沐雨). 이쯤 되면 아무튼 본인 스스로는 살아온 세월이 엄청 험난했다고 느꼈나 보다. 본인만 아는 거센 바람과 비의 시간이 있었나 보다. 이렇게까지 이해하려고 노력하고도 의문은 남는다. 도대체 무엇을 이루기 위해 그토록 힘든 시간을 견뎠을까, 그는.

그런데 즐풍목우의 세월을 너무 험하게 견뎠나. 그 입에서 나오는 언어가 갸관 점잖지는 않다. 비바람 맞고 거리에서 살았다고 입이 다 그 모양은 아닐 텐데, 그가 쏟아낸 말이라는 게 개쓰레거개가 먹다 버린 쓰레기만도 못하기 일쑤였다. 그래서인가, 어느 개와 돼지는 그따위 막말을 쏟아낼 거라면 그의 즐풍목우의 시간이 앞으로도 쭉 끝나지 않기를 빌고 빈다고 한다. [주야장천]

유식한 사자성어 몇 개 찾아보다 개 한 마리는 혀를 끌끌 차고 말았다. 죄 없는 '말'이 이상하게 쓰는 사람들 때문에 고생이다, 싶어서. 같은 물도 소가 마시면 우유가 되고 뱀이 마시면 독이 된다더니 원 쯧쯧.

음수사원(飮水思源)이란 사자성어는 어떤가. 별 거창한 뜻이 없다. 그냥 물 마실 때 그 물이 어디서 왔는지 근원을 생각하라는, 무슨 일을 하든 늘 근본을 명심하라는 뜻. 김구 선생의 좌우명이었단다. 빼앗긴 나라를 되찾기 위해 그야말로 즐풍목우의 세월을 헤쳐나갔을 선생의 좌우명이었다고 생각하니 되바라진 개도 고개를 숙이게 된다.

그런데 이 말이 어느 언론사에 내걸린 채 온갖 생고생을 한 일이 있었다. 2014년 문화방송이 사옥을 옮기면서 이 사자성어를 써서 로비에 내걸었는데 어떤 개들이 다른 뜻으로 읽었던 것이다. 수많은 직원 개들이 '마시는 물의 근원'을 '월급 주는 사람'으로 받아들였단다. 즉, '네가 받는 월급 누가 주는지 잊지 말고 시키는 대로 잘해라'는 의미로 해석했다는 것. 거기서 월급 받는 사람들의 대다수는 진실을 알려야 할 언론인들이었다. 그걸 내건 사람의 의도가 어땠는지 모르지만 받아들인 사람들이 그렇게 해석했다고 하니 사연이 없지는 않을 터(그 회사의 많은 사원들이 겪은 질곡의 세월이야말로 '즐풍목우'였음을 수많은 개돼지가 지켜보았다).

2017년 11월 21일, 오랜 파업을 끝내고 회사 정상화를 준비하던 전국 언론노조 MBC 본부는 그 글귀가 들어 있는 액자를 다른 현수막으로 가리는 작업을 실시했다. 세월호 현수막이었다.

진실은 침몰하지 않는다. 우리는 포기하지 않는다.

그동안 제대로 된 언론인 노릇을 하지 못했으니 국민과 세월호 유족에게 사죄하는 의미를 담았다고 한다.

어쩌다가 김구 선생의 좌우명이 21세기에 이르러 부끄러움의 상징이 되었을까. 하긴, 김구 선생 이후 그 글자를 휘호로 내려 나중에 방송국 로비에 걸리게 한 장본인도 정치인이다. 박정희 전

대통령이 정수장학회에 내린 휘호라고 하니 말이다. [오마이갓]

　요상한 일이다. 유식한 사람들이 쓰는 사자성어라는 게 정치인 입을 거치면 우습기도 하고 쓴터 격 떨어지기도 한다는 게. 사실 말이 무슨 죄인가. 누가 그 말을 쓰느냐가 문제지. 그러니까 이런 소리 듣기 싫으면 그냥 입 탁차고 다물고 정치나 잘하라고, 어느 어리석은 개가 부탁하는 바이다. 개돼지들은 잘 쓰지도 않고, 있는 줄도 모르는 사자성어들 끌어다가 말장난 잔치하는 벼르장머리 습관은 그만두라고. 본인 삶과는 거리가 먼 '멋진 사자성어' 발굴하느라 인터넷 뒤질 시간 있으면 할 일이나 묵묵히 좀 하라고. 어려운 사자성어 안 써도 좋으니 침몰하지 않을 진실만 말하라고. 그럴 자신 없으면 차라리 닥차라고 침묵하라고. [이런젠장]

대한민국 국민은 어느 날 이웃나라의 민낯을 목격하고 말았다. 이웃나라와 그동안 소통한다고 생각했는데 착각이었다는 걸 분명히 알고 말았다. 그리고 이웃나라와 쭉 소통해온 내국인이 있다는 사실도 알았다. 그중 단연 눈에 띄는 이들이 바로 정치인들이다. 그들의 정체가 드러났을 때, 누가 먼저랄 것 없이 이름 하나를 지어 부르기 시작했다.

토. 착. 왜. 구.

개돼지, 아니 국민들이여!

사람 잘 안 변한다. 그러니 사람 고쳐 쓰는 거 아니다. 특히 정치인은 한번 아니다 싶으면 아닌 거다. 번드르한 말재주에 속지 마라.

열불 터지게 하는 정치인을 아웃시키는 방법은 아주 간단하다. 바뀔지도 모른다는 기대는 싹 잘라내고 그냥 뽑지 마라! 개와 돼지가 사는, 언제나 폭풍우가 몰아치는 이 험한 세상으로 가차 없이 호출하라.

다행히 우리는 그럴 힘을 갖춘 개, 돼지 들이다. 겉으로만 민주주의 국가 흉내를 내면서 실상은 일당 독재와 다름없는 정치 세력의 지배를 받으며 무력하게 살아가는, 가깝고도 먼 어느 나라 사람들과는 질적으로 다른 민족이다.

깊은 빠침

초판 1쇄 인쇄 2019년 9월 20일
초판 1쇄 펴냄 2019년 9월 25일

지은이 서달

펴낸이 박종암 | **책임편집** 김태희 | **디자인** 아르떼203
펴낸곳 도서출판 르네상스 | **출판등록** 제410-30000002006-62호
주소 경기도 고양시 일산서구 중앙로 1455 대우시티프라자 715호
전화 031-916-2751 | **팩스** 031-629-5347 | **전자우편** rene411@naver.com
함께하는 곳 이피에스, 두성피앤엘, 월드페이퍼, 도서유통 천리마

ISBN 978-89-90828-92-7 03810

이 도서의 국립중앙도서관 출판예정도서목록(CIP)은 서지정보유통지원시스템 홈페이지(http://seoji.nl.go.kr)와
국가자료종합목록 구축시스템(http://kolis-net.nl.go.kr)에서 이용하실 수 있습니다.
(CIP제어번호 : CIP2019034796)